LE MONDE SOLEIL

Albert Espinosa est né à Barcelone en 1973. Atteint d'un cancer, il perd une jambe, un poumon et un morceau du foie, et passe une grande partie de sa jeunesse à l'hôpital. Puis, il connaît le succès en tant que scénariste et acteur. Après *Tout ce que nous aurions pu être toi et moi si nous n'étions pas toi et moi*, *Le Monde Soleil* est son deuxième ouvrage publié au Livre de Poche.

Paru dans Le Livre de Poche :

TOUT CE QUE NOUS AURIONS PU ÊTRE TOI ET MOI
SI NOUS N'ÉTIONS PAS TOI ET MOI

ALBERT ESPINOSA

Le Monde Soleil

TRADUIT DE L'ESPAGNOL PAR JEANNE ALQUIER

GRASSET

Titre original :

EL MUNDO AMARILLO
Paru chez Grijalbo, 2008.

ISBN : 978-2-253-17941-2 – 1re publication LGF

Prologue commémoratif en l'honneur des 35 éditions du *Monde Soleil*

Quand on m'a dit que nous avions atteint le nombre total de 35 éditions différentes du livre que tu as entre les mains, j'ai eu du mal à y croire... Depuis le jour où je l'ai créé, ce monde Soleil n'a jamais cessé de croître et d'apporter de la joie. Le bonheur de sentir l'énergie positive des nombreuses personnes qui m'ont écrit après l'avoir lu, et les histoires incroyables et délicieuses qu'elles m'ont racontées sur leur monde Soleil et sur leur vie.

Le prologue de cette nouvelle édition sera bref, juste quelques lignes au jour d'aujourd'hui... Mardi, c'est l'été, il a plu et j'ai peu dormi, j'ai senti que ma vie prenait une nouvelle direction, une nouvelle dimension du côté de Garraf, en Catalogne. J'aime toujours cette phrase qui accompagne le titre : « Si tu crois en tes rêves, ils se réaliseront. » Continue à croire... Continue à créer...

Je veux seulement ajouter que j'ai beaucoup de tendresse pour ce livre, *Le monde Soleil*. C'est le premier que j'ai écrit et il sera toujours comme un premier enfant avec lequel j'aurais un rapport particulier.

Merci à tous, vous qui l'avez lu, offert, aimé, et qui avez été émus ; c'est grâce à vous s'il est réédité et si on peut encore le trouver dans les librairies.

Le pouvoir des êtres Soleil, le pouvoir que vous avez, est immense. Merci.

Albert
Été 2011 (mardi… juillet… chez moi)

Prologue

« Attention, ce livre est Albert, si tu entres dans son monde, tu ne voudras plus jamais en sortir »

Albert possède l'esprit curieux de Sherlock Holmes et l'apparence de Watson. Sa tenue négligée semble étudiée, elle est si parfaite qu'elle frôle la coquetterie.

C'est un voyeur passionné. Il te regarde dans les yeux et à ton insu obtient toutes les informations qu'il veut. Ses capteurs sensoriels sont presque infaillibles, il te « jauge », t'« estime », comme les caisses enregistreuses de supermarché lisent un code-barres et affichent le prix. Quand il fait mouche, il en sait bien plus que toi sur toi-même.

Albert s'est beaucoup battu contre la mort, il a gagné et ses histoires débordent de vie. Il est hyperactif et, quitte à perdre quelques heures de sommeil, il préfère vivre une expérience. Son cerveau fonctionne à toute allure. Si tu veux lui raconter une histoire, ce doit être bref ou passionnant.

Et si tu veux l'intriguer, ne lui raconte pas ta vie, laisse-le la découvrir. C'est un de ses jeux favoris.

Il adore provoquer mais c'est pour rendre les choses plus faciles. Il m'a fait passer une audition pour jouer dans son dernier film : *Ne me demande pas de t'embrasser parce que je t'embrasserai*, et il y avait une scène tournée dans une piscine factice. Je venais tout juste de le rencontrer. Soudain, il a enlevé sa jambe orthopédique de façon si naturelle que j'ai pris la mienne pour voir si je pouvais faire pareil. C'était un acte irréfléchi ; j'essayais de rester naturel, mais cette scène m'avait bouleversé. Il s'en est rendu compte et sans transition, il a commencé à me parler d'un des thèmes les plus récurrents de son docu-vie : l'univers du plaisir solitaire. Nous nous sommes tout de suite compris. J'ai oublié l'audition, sa jambe, j'ai oublié qu'il était le réalisateur et j'ai trouvé un camarade qui parlait de sensations que je partageais.

Il a l'air d'avoir trente ans mais depuis plus de quinze ans il revit son adolescence. D'où sa fraîcheur, sa candeur et sa conviction que si l'on imagine une chose, elle va se réaliser.

Albert est fort parce qu'il n'abandonne jamais. En dernier recours, il négocie : il échange une jambe et un poumon contre de la vie. Il a appris à perdre pour gagner. Ce qui le rend plus fort. Il veut étancher sa soif de vivre. Il écrit des pièces de théâtre, des longs-métrages, des séries télévisées, des romans… Quand il évoque un drame, c'est avec humour. Il rapproche notre quotidien de nos rêves les plus fous. Il vient nous dire que le seul handicap est émotionnel et que nous vivons dans une société où nous n'exprimons pas nos sentiments.

Albert parle d'un monde à la portée de tous, un monde de couleur jaune : *le monde Soleil.* Un endroit chaleureux où les baisers peuvent durer dix minutes, où les inconnus peuvent devenir nos meilleurs alliés, où le contact physique perd sa connotation sexuelle, où la tendresse est comme le pain quotidien, où la peur n'a plus de sens, où la mort n'arrive pas qu'aux autres, où la vie est tout ce qui compte et où chaque chose est à sa place.

Ce livre parle de tout cela, de tout ce que nous ressentons mais que nous ne disons pas toujours, de la peur de perdre ce que nous avons ; ce livre est là pour nous apprendre à nous connaître, à apprécier ce que nous sommes à chaque instant. Longue vie à Albert !

Eloy AZORÍN, *acteur*

Mon inspiration

Gabriel Celaya était ingénieur industriel et poète. Je suis ingénieur industriel et scénariste. Nous sommes gauchers tous les deux. Il y a quelque chose dans son poème « Autobiographie » qui me remue les tripes. Je crois que c'est parce qu'il a créé un monde grâce à son poème. Son monde, le monde « Celaya ». Rien ne m'attire plus que les gens qui créent des mondes.

Ce poème est composé des interdictions qui construisent une vie et qui ont marqué la sienne. D'une certaine façon, si l'on pouvait s'en débarrasser, on rencontrerait son monde. Ce qu'il croit que devrait être son monde. Au-delà de la montagne de « non » qui nie tout ce qu'il désire, on trouverait une montagne de « oui ». J'aime cette manière de voir la vie.

Comme il l'a fait dans « Autobiographie », j'essaierai de diviser ce livre en : « Pour commencer… », « Poursuivre… », « Pour vivre… » et « Et se reposer… ». Il y aura donc quatre étapes qui forment une vie, comme il l'avait prédit.

Au cas où tu ne connaîtrais pas ce poème :

AUTOBIOGRAPHIE

Ne prends pas ta cuillère de la main gauche.
Ne mets pas les coudes sur la table.
Plie bien ta serviette.
Pour commencer.

Extrayez la racine carrée de trois mille trois cent treize.
Où se trouve le lac Tanganyika ? En quelle année est né Cervantès ?
Je vous mettrai un zéro en conduite si vous bavardez avec votre camarade.
Poursuivre.

Est-ce que cela vous paraît normal qu'un ingénieur écrive des vers ?
La culture doit rester à sa place, et le travail, c'est le travail.
Si tu continues à voir cette fille, tu ne remettras plus les pieds à la maison.
Pour vivre.

Ne sois pas insolent. Tiens-toi correctement. Sois poli.
Ne bois pas. Ne fume pas. Ne tousse pas. Ne respire pas.
Ah oui, ne respire pas ! Dire non à tous ces « non »
Et se reposer : mourir.

GABRIEL CELAYA

Pourquoi ce livre ?

J'ai toujours voulu parler du monde Soleil, mon monde, celui où j'habite. Si un jour tu vois un de mes films, si tu lis un de mes scénarios ou si tu prêtes attention à l'un de mes personnages, tu découvriras une partie de ce monde Soleil. C'est le monde qui me rend heureux, celui dans lequel j'aime vivre.

J'avais toujours voulu écrire un livre, mais on me proposait des sujets tels que : « Comment être plus fort que le cancer » ou « Comment survivre au cancer ». Ce n'était pas ce que j'avais envie d'écrire. Le cancer n'a pas besoin d'un livre pour être vaincu et je crois que cela aurait été un véritable manque de respect pour tous ceux qui luttent contre le cancer et que j'ai connus pendant toutes ces années à l'hôpital. Il n'y a pas de formule magique pour vaincre le cancer, pas de stratégie mystérieuse. Il suffit d'écouter sa force intérieure, créer sa propre façon de lutter et se laisser guider.

Il m'a semblé plus intéressant d'écrire sur ce que m'a appris la maladie et sur comment cela peut être utile dans la vie de tous les jours. C'est ce que je vais essayer de raconter dans *Le monde Soleil.*

Je crois que le cancer est féroce ; pour le vaincre, on se prend la tête et on apprend beaucoup. Puis on guérit et on revient à la vie normale, mais ces enseignements restent.

Ce n'est pas un livre d'auto-guérison, je n'y crois pas trop. Il s'agit juste d'un livre dans lequel j'ai réuni les expériences qui m'ont été utiles.

Il a surtout pour ambition de parler des « êtres Soleil », du concept « Soleil ». J'espère qu'après l'avoir lu, tu vas partir à la recherche de tes « êtres Soleil ». Ce serait pour moi la plus grande des récompenses.

C'est l'été, un été plutôt agréable. C'est la nuit, une nuit claire. Je porte ma jambe artificielle (celle que je mets quand je suis chez moi). Je suis en train de boire un verre de Coca-Cola bien frais et je sais que le moment est venu de coucher sur le papier ce monde Soleil.

Quelques semaines ont passé et nous sommes maintenant fin septembre (je suis en train de relire et de peaufiner mon texte). Il fait assez froid, il pleut et je suis en train de tourner *Destination Ireland* du maître Carlos Alfayate. Je sens que le temps s'accélère et que ce livre verra bientôt le jour.

J'espère qu'il va nous réunir, nous, les êtres Soleil. Pour toute suggestion, demande ou souhait particulier, tu me trouveras sur : albert19@telefo nica.net

Albert ESPINOSA,
juillet-septembre 2007

POUR COMMENCER...

Le monde Soleil

Ne prends pas ta cuillère de la main gauche.
Ne mets pas les coudes sur la table.
Plie bien ta serviette.
Pour commencer.

Gabriel CELAYA

D'où vient-il ?

Il vient du cancer. J'aime bien le mot cancer. Même le mot tumeur me plaît. Cela peut sembler macabre, mais ma vie a été liée à ces deux mots. Je n'ai jamais rien ressenti d'horrible en disant cancer, tumeur ou ostéosarcome. J'ai grandi à côté de ces mots et j'aime les utiliser, les clamer haut et fort. Je pense qu'il faut se les approprier, les intégrer à sa vie, sinon ce qu'on a devient inacceptable.

Dans ce premier chapitre, je dois donc parler du cancer, puis nous verrons dans les chapitres suivants tout ce qu'il nous apprend. Mais je vais d'abord parler de lui et de la façon dont il m'a atteint.

J'avais quatorze ans quand je suis entré à l'hôpital pour la première fois. J'avais un ostéosarcome à la jambe gauche. J'ai quitté le collège, ma maison, et j'ai commencé ma vie à l'hôpital.

J'ai eu le cancer de quatorze à vingt-quatre ans. Je n'ai pas été hospitalisé pendant dix ans, mais j'ai passé toutes ces années à fréquenter plusieurs hôpitaux afin de venir à bout de quatre cancers : celui de la jambe, à nouveau à la même jambe, puis au poumon et au foie.

En chemin, j'ai abandonné une jambe, un poumon et une partie du foie. Mais je dois dire ici que j'ai été heureux avec le cancer. Je me souviens de cette époque comme de l'une des plus belles de ma vie.

Cela peut choquer : heureux et cancer. Mais c'est ainsi. Le cancer m'a enlevé des choses matérielles : une jambe, un poumon, une partie du foie, mais il m'a apporté bien d'autres choses que je n'aurais jamais découvertes tout seul.

Que peut offrir le cancer ? Je crois que la liste est interminable : savoir qui nous sommes, comment sont les gens qui nous entourent, connaître nos limites et surtout ne plus avoir peur de la mort. Peut-être est-ce cela le plus important.

Un jour, j'ai été guéri. J'avais vingt-quatre ans et l'on m'a dit que je n'avais plus à revenir à l'hôpital. J'étais abasourdi. C'était très bizarre. Ce que je savais faire de mieux dans la vie, c'était lutter contre le cancer, et maintenant on me disait que j'étais guéri. Ce moment de flottement ou de stupeur a duré six heures et ensuite j'ai explosé de joie ; plus d'hôpital, plus de radiographies (je crois que j'en ai fait plus de deux cent cinquante), plus d'analyses de sang, plus de contrôles. C'était comme un rêve devenu réalité. C'était absolument incroyable.

J'imaginais qu'au bout de quelques mois, j'allais oublier le cancer ; je croyais que j'aurais « une vie normale ». Mais d'une façon inattendue (je ne l'ai jamais oublié), cette expérience allait m'aider dans la vie de tous les jours.

C'est sans aucun doute ce que la maladie m'a laissé de plus précieux : des leçons (il faut bien les appeler d'une certaine manière, même si je préfère peut-être le mot « découvertes ») qui me rendent la vie plus facile et m'aident à être heureux.

Ce que je voudrais raconter dans ce livre, c'est comment appliquer à la vie de tous les jours ce que j'ai appris grâce au cancer. Ce livre pourrait s'intituler *Comment survivre à la vie grâce au cancer.* Ce sera peut-être le sous-titre. C'est étrange, tous les livres qui abordent le sujet ne voient pas les choses de la même façon, mais c'est ainsi. La vie est paradoxale ; j'adore les contradictions. *Le monde Soleil* est donc une synthèse de ce que j'ai appris et des découvertes faites par mes amis qui ont lutté aussi contre cette maladie.

À l'hôpital, on se faisait appeler les Pelés parce qu'on avait tous le cancer. On avait fait une sorte de pacte, un pacte de vie : on se répartissait la vie de ceux qui mouraient. C'était un pacte inoubliable, magnifique, car d'une certaine façon on voulait vivre à travers les autres, pour les aider à se battre contre le cancer.

On pensait que ceux qui mouraient enlevaient de la force à la maladie et permettaient aux autres de la vaincre plus facilement. Au cours de ces dix années de cancer, j'ai reçu ainsi 3,7 vies. Ce livre est donc écrit par 4,7 personnes (les 3,7 vies des autres et la mienne). Je n'oublie jamais ces 3,7 vies et j'essaie toujours de leur rendre justice. Si c'est parfois compliqué de vivre une seule vie, comment en vivre 4,7 ? Quelle responsabilité !

Bien, nous en sommes là, le cancer et moi. J'aime la façon dont j'ai résumé tout cela, je suis satisfait. C'était un début. Maintenant, continuons avec le monde Soleil.

C'est quoi le monde Soleil ?

Tu te poses cette question depuis que tu as acheté ce livre de couleur jaune, depuis que tu as entendu cette émission de radio où quelqu'un parlait des êtres Soleil et t'a donné envie de le lire.

Le monde Soleil, c'est le nom que j'ai donné à une façon de vivre, de voir la vie, de se nourrir des leçons qu'on tire des bons et des mauvais moments. Le monde Soleil, c'est une somme de découvertes, ces découvertes Soleil qui lui donnent son nom. Mais nous en reparlerons plus tard, patience.

Ce dont nous pouvons être sûrs, c'est que dans cet univers, il n'y a pas de règles. Tous les mondes sont régis par des règles, mais pas le monde Soleil. Je n'aime pas les règles et dans mon monde, elles n'existent pas. Ce serait totalement incongru. Elles ne servent à rien, si ce n'est à être transgressées. On nous dit qu'il y a des choses sacrées dans la vie, mais je n'y crois pas. On nous parle de ce qui est correct et de ce qui ne l'est pas, mais je n'y crois pas. Tout est à double tranchant, toute médaille a son revers.

J'ai toujours cru que le monde Soleil était celui dans lequel nous vivions. Le monde du cinéma est créé à partir de lieux communs qui ne correspondent pas à la réalité et nous finissons par croire qu'il en est ainsi. On nous enseigne ce qu'est l'amour, ensuite nous tombons amoureux et cela ne se passe pas comme dans les films. On nous enseigne ce qu'est le sexe, puis nous avons une relation sexuelle mais elle ne ressemble pas non plus à celles des films. On nous montre même comment un couple se sépare. Combien de fois des amoureux se sont donné rendez-vous dans un bar et ont essayé de rompre comme au cinéma. Mais cela ne marche pas parce qu'à l'écran, tout est terminé en cinq minutes, alors que pour nous, cela dure six heures et résultat, on ne se sépare pas, on décide même de se marier ou d'avoir un enfant.

Je ne crois pas non plus aux étiquettes qui cherchent à définir les générations. Je ne me sens pas de la génération X, ni de la génération iPod, ni encore moins de la génération métrosexuelle ou übbersexuelle.

Comment me définir ? Je me sens jaune comme le soleil (c'est très personnel, cela ne signifie pas que je fais partie d'une communauté). Je suis un être Soleil, je suis l'être Soleil de quelqu'un. Mais nous y viendrons plus tard.

Il n'y a donc ni étiquettes, ni règles, ni normes. On peut se demander comment ce livre et ce monde vont s'articuler, comment je vais ordonner les concepts. Eh bien, en faisant une liste. Je crois beaucoup aux listes ; je les adore. Je suis ingénieur dans l'industrie, c'est pourquoi j'aime les chiffres, et celui qui aime les chiffres aime les listes.

À partir de maintenant, ce livre sera une grande liste. Une liste de concepts, d'idées, de sentiments, une liste remplie de joie. Une liste de découvertes grâce auxquelles j'ai créé mon monde.

Ce sont des découvertes brèves que j'ai réunies dans des chapitres courts. Ce sont des sortes de petits jalons pour arriver à comprendre une autre façon de voir le monde. Il ne faut pas avoir peur de vivre le monde Soleil. Il suffit juste de croire en lui.

J'aime bien cette maxime : si tu crois en tes rêves, ils se réaliseront. Croire et créer sont deux mots qui se ressemblent et s'ils se ressemblent tant, c'est qu'en réalité ils sont proches, très proches. Si proches que lorsqu'on croit, on crée.

Il faut y croire…

Passons directement au grand chapitre, celui qui contient les découvertes : « POURSUIVRE… ». C'est là où se trouve la majeure partie des expériences tirées du cancer, celles qu'on peut appliquer à la vie ; ce sont elles qui constituent les jalons à suivre pour créer son monde Soleil.

Il s'agit de 23 points qu'on peut relier par des lignes, relier conceptuellement dans son esprit, et une nouvelle forme de vie apparaîtra. Un monde Soleil.

Chaque partie, chaque découverte a pour titre une des phrases que j'ai entendues à l'hôpital. Ce sont des phrases que quelqu'un m'a dites alors que j'étais malade, et elles m'ont tant marqué que je ne les ai jamais oubliées. Ce sont comme des extraits de poème, des débuts de chanson, des sentiments qui porteront pour toujours l'odeur de la chimiothérapie, des bandages, de l'attente des visites, des voisins de chambre aux pyjamas bleus. Ce sont parfois les mots qui permettent de trouver son chemin ; peu de mots peuvent faire germer une idée chez quelqu'un. Les phrases qui ont le plus d'importance sont quelquefois celles qui paraissent en avoir le moins.

Il faut entrer et croire, mais jamais les yeux fermés. Tout peut être remis en question, tout peut être sujet à discussion. Et celui qui le dit, c'est quelqu'un qui se définit par la lettre « A » : Albert, Apolitique, Agnostique, Amarillo[1].

---

1. Jaune, être Soleil.

POURSUIVRE…

Liste des découvertes pour transformer son monde en monde Soleil

(Leçons du cancer appliquées à la vie)

Extrayez la racine carrée de trois mille trois cent treize.
Où se trouve le lac Tanganyika ? En quelle année est né Cervantès ?
Je vous mettrai un zéro en conduite si vous bavardez avec votre camarade.
Poursuivre.

Gabriel CELAYA

Première découverte :
« Les pertes sont positives »

> Organise une fête d'adieux pour ta jambe. Invite des gens qui ont un rapport avec elle et fais-lui tes adieux de la plus belle manière. Ne t'a-t-elle pas soutenu pendant toute une vie ? Eh bien, soutiens-la à ton tour maintenant qu'elle va te quitter.
>
> *Mon traumatologue,*
> *la veille de mon opération d'amputation de la jambe.*

Les pertes sont positives. Je sais que c'est difficile à croire, mais les pertes sont positives. Nous devons apprendre à perdre. On doit savoir que tôt ou tard, tout ce qu'on gagne, il faudra le perdre.

À l'hôpital, on nous apprend à accepter la perte, mais en insistant sur le mot « perdre », et pas sur le mot « accepter ». En effet, accepter est une question de temps, perdre est une question de principe.

Il y a bien longtemps, lorsque quelqu'un mourait, ses proches passaient par le temps du deuil :

ils s'habillaient en noir, souffraient et se cloîtraient chez eux. Le deuil était une période pour penser à la perte, vivre la perte.

Nous sommes passés du deuil au néant absolu. Maintenant, quand nous perdons un être cher, les gens nous disent au cimetière : « Tu dois reprendre le dessus. » Après une séparation, les mêmes personnes voudraient qu'en deux semaines on ait retrouvé l'amour. Mais, et le deuil ? Où est passé le deuil, la réflexion sur la perte, sur ce qu'elle signifie ?

Le cancer m'a enlevé beaucoup de choses : un poumon, une jambe, une partie du foie, la mobilité, des expériences, les années de collège... Mais peut-être que la perte la plus difficile a été celle de ma jambe. Je me souviens que la veille de l'amputation, mon médecin m'a dit : « Organise une fête d'adieux pour ta jambe. Invite des gens qui ont un rapport avec elle et fais-lui tes adieux de la plus belle manière. Ne t'a-t-elle pas soutenu pendant toute une vie ? Eh bien, soutiens-la à ton tour maintenant qu'elle va te quitter. »

J'avais quinze ans et je n'ai pas organisé une fête d'adolescent pour perdre ma virginité (comme je l'aurais souhaité), mais une fête pour perdre ma jambe. Je me souviens comme si c'était hier du moment où j'ai appelé les gens qui avaient un lien avec ma jambe (j'ai eu un peu de mal, ce n'était pas facile de les inviter). Après avoir tourné autour du pot en parlant de mille choses, je finissais par leur dire : « Je vous invite à une soirée d'adieux à ma jambe, vous n'avez rien à apporter. Et si vous voulez, vous pouvez venir à pied. » Il m'a semblé important d'ajouter cette référence pour faire oublier le côté sérieux de l'affaire. Sans aucun doute, quelqu'un de génial a décidé de nous doter d'humour : c'est ce qui nous sauve... Un sentiment étrange qui permet de retourner toutes les situations, comme et quand nous le voulons.

À cette fête si bizarre, j'ai invité les gens qui avaient un rapport avec ma jambe : un gardien de foot à qui j'avais mis quarante-cinq buts en une partie (bon, d'accord, je ne lui en ai mis qu'un seul, mais je l'ai invité quand même), une fille à qui j'avais fait du pied sous une table, un oncle qui m'avait emmené faire des randonnées (à cause des courbatures ; c'était un peu tiré par les cheveux, mais il fallait bien trouver des invités), et j'ai convié aussi un ami dont le chien m'avait mordu quand j'avais dix ans. Le pire, c'est que le chien est venu et qu'il a essayé de me mordre à nouveau.

Ce fut une très belle fête. Je crois que c'est la meilleure que j'ai organisée, et sans doute la plus originale. Au début, les gens étaient un peu mal à l'aise, mais peu à peu nous avons commencé à parler de ma jambe. Ils ont tous raconté des anecdotes en lien avec elle. Ils l'ont touchée pour la dernière fois. Ce fut une soirée extraordinaire que je n'oublierai jamais.

À la fin de la nuit, alors que le jour pointait déjà, à quelques heures de l'opération, j'ai eu une idée brillante qui est venue couronner la fête : une dernière danse sur mes deux jambes. J'ai demandé à l'infirmière et elle a accepté l'invitation. Je n'avais pas de musique, mais mon voisin de chambre avait beaucoup de CD de Machín[1] (il était fan de Machín et se faisait appeler « El Manisero »[2]). J'ai mis le CD qu'il m'a prêté et on a entendu résonner *Attends-moi au ciel*. Il n'y avait pas de chanson plus appropriée à cet instant, à ce final. J'ai dansé dix ou douze fois sur cette même chanson avec l'infirmière. Mes dernières danses. Nous avons dansé tant de fois ! Je ne voulais surtout rien écouter, je voulais que Machín se fonde dans mon âme de façon magique, que ce soit un son qui m'enivre, une bande-son qui envelopperait tout cet instant. N'est-ce pas agréable lorsque la musique se répète tant et tant de fois qu'on ne distingue plus ni les paroles, ni les sons ? Alors, cette musique et ces paroles sont pareilles au vent, quelque chose qui est là, qu'on sent mais qu'on n'a pas besoin d'écouter, juste de sentir.

Le lendemain, ils m'ont coupé la jambe. Mais je n'étais pas triste car je lui avais fait mes adieux, j'avais pleuré, j'avais ri. Sans le savoir, j'avais réalisé mon premier deuil, j'avais parlé sans détour de la perte et je l'avais transformée en gain.

---

1. Antonio Machín, chanteur et musicien cubain.

2. « Le vendeur de cacahuètes », titre d'une chanson interprétée par Antonio Machín.

J'aime bien penser que je n'ai pas perdu une jambe, j'ai gagné un moignon et une fantastique liste de souvenirs liés à cette jambe :

1. Une magnifique fête d'adieux (combien de gens peuvent se targuer d'avoir organisé une fête si branchée ?).
2. Le fait de me souvenir de mes seconds premiers pas (on oublie les premiers, mais on ne peut jamais oublier ses seconds premiers pas avec une jambe mécanique).
3. En plus, comme ma jambe est enterrée, je fais partie du très petit nombre de gens qui peuvent dire qu'ils ont un pied dans la tombe, non pas au sens figuré mais au sens propre. Cela me fait toujours bien rire de penser que je suis l'un de ces veinards qui peuvent le dire de façon littérale.

Sans aucun doute, les pertes sont positives. C'est le cancer qui me l'a appris. Et c'est quelque chose qu'on peut tout à fait appliquer à la vie sans cancer. Chaque jour nous subissons des pertes, certaines plus importantes qui nous rendent malheureux et d'autres moins graves qui ne font que nous perturber. Ce n'est pas comme perdre un membre, mais la technique pour les surmonter est la même que celle que j'ai apprise à l'hôpital.

Quand on perd quelque chose, il faut être convaincu qu'on ne perd rien, qu'on est gagnant dans la perte. Faire le deuil. Les étapes sont…

1. Réjouis-toi en pensant à la perte.

2. Souffre avec elle. Invite les gens qui ont un rapport avec cette perte et demande-leur conseil.

3. Pleure (les yeux sont notre liquide lave-glace privé et public).

4. Cherche le gain dans la perte et prends ton temps.

5. Au bout de quelques jours, tu te sentiras mieux. Tu penseras à ce que tu as gagné. Mais souviens-toi que tu peux perdre à nouveau cette sensation.

Est-ce que ça marche ? Bien sûr ! Je n'ai jamais senti de membre fantôme. Le fantôme, c'est quand on sent sa jambe alors qu'on ne l'a plus, et je crois que je n'ai jamais eu ce problème parce que, sans le savoir, j'avais si bien dit adieu à ma jambe que même son fantôme était parti.

La première découverte du monde Soleil : *les pertes sont positives*. Que personne n'essaie de te convaincre du contraire.

Parfois, ce seront de petites pertes, d'autres fois des grandes, mais si on s'habitue à les comprendre, à y faire face, à la fin on se rend compte qu'elles n'existent pas en tant que telles. Chaque perte est un gain.

Deuxième découverte :
« Le mot douleur n'existe pas »

> Et si les injections ne faisaient pas mal ? Et si en réalité nous réagissions à la douleur comme dans les films, sans nous demander si nous la ressentons vraiment ? Et si en fait la douleur n'existait pas ?
>
> *David, le plus grand des Pelés ;*
> *je possède 0,6 % de sa vie.*

La douleur n'existe pas. C'est ce que j'ai le plus entendu de la bouche des Pelés lors de mon séjour à l'hôpital. Les « Pelés », c'était le nom que nous avaient donné certains médecins et infirmières, en référence à notre absence de cheveux. J'aime bien quand les mots créent des concepts. Nous adorions ce nom, c'était comme si nous faisions partie d'une bande, nous nous sentions jeunes, forts et sains. Quand les étiquettes fonctionnent, elles peuvent procurer le bien-être…

Dans notre bande, comme dans toute bande qui se respecte, nous avions des cris de ralliement :

« On est estropiés, mais on n'est pas des dégonflés. » Ce slogan nous remplissait de fierté. Un autre, qui résonnait aussi très souvent dans les couloirs de l'hôpital, était : « La douleur n'existe pas. » À force de le crier sur tous les toits, la douleur a fini par disparaître.

Il existe ce qu'on appelle le seuil de la douleur, le moment où l'on commence à la sentir ; c'est une sorte d'antichambre, quand on pense qu'on va avoir mal quelque part. Ce seuil se trouve à un demi-centimètre de la douleur. Oui, je peux le mesurer. Je crois qu'à cause de mes études d'ingénieur, j'utilise les chiffres pour quantifier les sentiments, la souffrance et les personnes. Parfois, j'ai la sensation que c'est le mélange des sciences de l'ingénieur et du cancer qui a produit ce phénomène.

Peu à peu, nous avons cessé de sentir la douleur. D'abord, celle des piqûres de la chimio ; on nous fait toujours des injections qui font mal. Mais nous avons découvert que la douleur n'existait que parce que nous y pensions. Et si les injections ne faisaient pas mal ? Et si en réalité nous réagissions à la douleur comme dans les films, sans nous demander si nous la ressentons vraiment ? Et si en fait la douleur n'existait pas ?

Toutes ces idées venaient du plus sage des Pelés ; il avait quinze ans et était malade depuis l'âge de sept ans. Il a été et sera toujours un modèle pour moi. Il nous réunissait, nous parlait ; je pourrais presque dire qu'il nous endoctrinait tant il était convaincant.

Quand je l'ai entendu dire que douter de l'existence de la douleur la faisait disparaître, j'ai trouvé ça idiot, et lorsqu'il parlait du seuil de la douleur, là je ne comprenais plus rien.

Mais un jour, au cours d'une séance de chimio (j'en ai eu plus de quatre-vingt-trois), j'ai décidé de croire ce qu'il m'avait dit. J'ai regardé la seringue, j'ai regardé ma chair et je n'ai pas introduit la troisième variable. J'ai enlevé la douleur de l'équation, je n'ai pas pensé que ça allait faire mal. J'ai juste pensé qu'une aiguille allait s'approcher de ma peau et la traverser pour prélever du sang. Ce serait comme une caresse étrange et différente. Une caresse entre l'aiguille et ma chair.

De façon mystérieuse, ça a marché : pour la première fois, je n'ai pas eu mal, j'ai senti cette étrange caresse. Ce jour-là, l'infirmière a dû s'y reprendre à douze fois pour trouver la veine car à cause de la chimio, elles sont moins visibles et plus difficiles à trouver. Je ne me suis pas plaint une seule fois parce que c'était magique, presque poétique de penser à cette sensation. Ce n'était pas de la douleur, c'était quelque chose qui n'avait pas de nom.

Ce jour-là, j'ai compris que la douleur était mot qui ne servait à rien ; comme la peur. C des mots qui effraient, qui font mal et q peur. Mais en réalité, quand le mot n'ex ce qu'il représente n'existe pas non pl

Je crois que ce que voulait dire ce grand Pelé, dont je possède 0,6 vie (c'est le meilleur qu'il y a en moi), c'était que le mot douleur n'existait pas ; c'est cela, qu'il n'existait pas comme mot, comme concept. Il faut se demander ce qu'on ressent (comme dans le cas de l'injection) et éviter de penser que c'est de la douleur. Il faut se concentrer sur cette sensation, la savourer et déterminer ce qu'on ressent. En fait, la douleur est souvent plaisante, drôle ou poétique.

Ensuite, je n'ai plus jamais eu mal parce que dans 80 % des cas, le cancer n'est pas douloureux. C'est le cinéma qui l'associe à la souffrance. Je ne me souviens d'aucun film où les cancéreux ne pleurent pas de douleur, ne vomissent pas, ne prennent pas de morphine en grande quantité ou ne meurent pas. Ils renvoient tous la même image : la douleur et la mort.

Quand j'ai écrit *Planta 4.ª*, c'était surtout parce que je voulais écrire un film positif, réaliste, qui ne tombe pas dans les clichés et montre la vie quotidienne des gens qui ont le cancer. Pour expliquer comment ils vivent la « fausse » douleur qu'on voit dans tous les films. Comment ils luttent, comment ils meurent, mais je ne voulais pas que tout tourne autour du vomi, de la souffrance et de la mort.

Quand j'ai été guéri, j'ai cru que j'allais oublier cette leçon, mais en fait, ce fut la première dont je me suis souvenu. Il y a beaucoup de douleurs en dehors de l'hôpital qui ne sont pas médicales, elles n'ont rien à voir avec les piqûres ou avec une intervention chirurgicale. Elles sont le fait d'autres personnes, des gens qui font du mal, de façon volontaire ou non.

C'est au cours de cette vie sans cancer que j'ai le plus souffert : d'amour, de tristesse, d'orgueil, ou encore d'un point de vue professionnel. C'est alors que je me suis rappelé que la douleur n'existait pas ; le mot douleur n'existe pas. En réfléchissant à ce que je ressentais, je me suis rendu compte qu'il s'agissait parfois de nostalgie, d'appréhension, de chagrin ou de solitude. Mais ce n'était pas de la douleur.

Quand j'ai appris à l'hôpital que la douleur n'existait pas, je me suis senti, à quatorze ans, comme un super-héros ayant le superpouvoir d'être insensible à la douleur. J'avais un camarade de classe qui me disait : « Toi, tu es vraiment un dur à cuire, tu ne sens même pas les piqûres. » Maintenant que je ne suis plus un enfant, je me rends compte qu'on n'arrête pas de recevoir des piqûres ; parfois trois ou quatre à la fois dans des endroits différents, parfois une seule, mais en plein cœur. Le secret, ce n'est pas d'être insensible ou de rester de marbre ; il faut les laisser nous atteindre et nous toucher avant de rebaptiser la sensation qu'on a.

La liste est simple. La découverte est facile : « Le mot douleur n'existe pas. » Les étapes…

1. Cherche d'autres mots quand tu penses à « douleur ». Cherche-en cinq ou six pour définir ce que tu ressens, mais évite le mot douleur.

2. Réfléchis ensuite pour savoir lequel de ces mots définit le mieux ta sensation ; ce sera ta douleur. Ce sera ce mot-là qui définira ce que tu sens.

3. Évacue le mot douleur pour le remplacer par le nouveau mot. Tu cesseras de souffrir et tu te sentiras plus fort grâce à cette nouvelle définition. Ce sentiment.

Cela peut paraître difficile, mais avec le temps, on apprend à maîtriser tout ça et on se rend compte que la douleur n'existe pas. La douleur du corps ou de l'âme cache en fait d'autres sensations, d'autres sentiments qui sont gérables. Quand on sait ce qu'on ressent, il est beaucoup plus simple de prendre le dessus.

Troisième découverte :
« Les énergies qui apparaissent au bout de trente minutes sont celles qui nous aident à résoudre les problèmes »

Surtout, n'ouvrez pas l'enveloppe contenant les résultats de la radiographie.

Les médecins aux patients.

Ouvrons-la tout de suite.

Le patient à ses proches,
dès qu'il reçoit l'enveloppe.

Très souvent, à l'hôpital, nous devions aller chercher des résultats d'examens. Il n'y a pas de pire moment de stress que lorsqu'on a entre les mains l'enveloppe d'un scanner ou d'une radiographie importante.

Pendant dix ans, cette situation s'est répétée à de multiples reprises. Les médecins me donnaient les radios et l'enveloppe avec les résultats et me répétaient de ne pas l'ouvrir, de la remettre au médecin.

En général, il fallait ensuite attendre une quinzaine de jours pour avoir un rendez-vous avec le médecin. Quinze jours, c'est long pour garder fermée une enveloppe qui pouvait révéler une récidive, c'est-à-dire un nouveau cancer dans une autre partie du corps.

Tous mes amis de l'hôpital, tous, ouvraient l'enveloppe. C'était évident. Comment imaginer, pour une chose aussi importante, d'attendre deux semaines avant de savoir ?

Depuis quelque temps, je conseille certains médecins sur la manière de traiter les patients, et je leur dis toujours que c'est ce qu'ils devraient changer en premier : il y a trop de décalage. En général, ils sourient, comme pour dire : on sait bien que vous regardez les résultats. C'est comme un pacte non écrit : vous ouvrez l'enveloppe, vous lisez les résultats, vous refermez l'enveloppe et nous, nous faisons comme si de rien n'était. J'ai toujours eu horreur de ce genre d'accord tacite, je ne comprends pas que les gens fassent semblant de ne rien savoir alors qu'ils sont au courant de tout. Cela n'a pas de sens.

De toute façon, le problème, ce n'est pas que l'enveloppe soit fermée ; c'est ce qu'il y a à l'intérieur. Comment faire face à une nouvelle importante qui peut nous changer la vie ? C'est grâce à nos erreurs qu'on l'a appris, comme presque tout dans la vie.

Au début, on ouvrait l'enveloppe comme des fous deux minutes après l'avoir reçue. Je me souviens de certaines images dans le couloir : mon père, ma mère et moi penchés sur la feuille, lisant ou plutôt dévorant le rapport du médecin.

Ensuite, nous nous sommes rendu compte que ce n'était pas une bonne idée de l'ouvrir à l'hôpital : il n'est pas bon de recevoir ou de donner de mauvaises nouvelles dans un lieu qu'on a fréquenté ou dans lequel on va passer beaucoup de temps. Il faut toujours trouver un endroit neutre. Nous ouvrions donc l'enveloppe dans des restaurants (où nous allions pour la première fois), des rues inconnues (dont nous oubliions vite le nom) ou dans le métro. Mais nous commettions encore une erreur : entre le moment où l'on nous remettait l'enveloppe et celui où nous l'ouvrions, il ne s'écoulait jamais plus de quinze minutes. Sans le savoir, nous cherchions les rues, les restaurants ou les stations de métro les plus proches. Nous avions un besoin urgent de savoir ; comme si quelque chose nous brûlait de l'intérieur.

Avec le temps, après avoir reçu quarante ou cinquante enveloppes, nous avons trouvé la bonne méthode. On peut devenir un professionnel de tout, même de la lecture des diagnostics médicaux ; il suffit de répéter la même action de nombreuses fois, jusqu'à ce qu'elle ne ressemble plus du tout à ce qu'on faisait au départ.

La bonne méthode était la suivante :

1. Prendre tranquillement l'enveloppe, la ranger et l'emporter à la maison sans lui accorder une attention particulière...

2. Attendre une demi-heure exactement, sans penser à elle, sans lui accorder une seule seconde. Et après cette demi-heure…

3. Aller dans un endroit calme et l'ouvrir. Cette demi-heure correspond au temps dont le corps a besoin pour se calmer et l'esprit pour s'apaiser ; c'est comme si toute angoisse disparaissait. En prime, on réagit en lisant des résultats qui ont déjà plus d'une demi-heure. Il ne s'agit plus d'une nouvelle fraîche ; cela amoindrit son impact et nous donne de la force.

Je sais que cela peut paraître étrange. Pourquoi une demi-heure et pas une heure ? Pourquoi pas dix minutes ? Ces trente minutes sont-elles si capitales ? Oui. À force de recevoir des nouvelles importantes, je crois que j'ai découvert qu'il y a quelque chose au fond de nous qui veut absolument les connaître tout de suite et c'est ce qui nous aveugle. C'est une sorte de désir violent qui disparaît au bout de trente minutes, pour laisser la place à d'autres énergies qui veulent satisfaire notre besoin de savoir, mais qui sont capables de nous aider à trouver des solutions. Il s'agit d'une soif de connaissance aux objectifs différents, une soif combative qui génère des solutions.

Quand j'ai quitté l'hôpital, j'ai cru que je n'aurais plus à me confronter à des problèmes aussi intenses que ceux que me posaient les enveloppes des radiographies. Bien sûr, ce fut le cas, mais j'ai réussi à trouver le moyen d'adapter ma théorie des trente minutes.

Parfois, je reçois un courrier électronique et je sais que c'est important ; je le vois dans la boîte de réception mais je ne l'ouvre pas. Je le regarde, il est écrit en gras, mais je ne l'ouvre pas. J'attends trente minutes, je me détends, je laisse mes sentiments évoluer et ensuite, je l'ouvre.

C'est génial, ça marche vraiment. En plus, peu importe ce qu'on reçoit, de bonnes ou de mauvaises nouvelles, on a laissé passer une demi-heure et notre réponse n'est pas précipitée, elle n'est pas le fruit d'une réaction impulsive. C'est comme si l'on avait passé une demi-heure à décider de ce qu'on allait écrire. Et cela vaut aussi pour les messages qu'on reçoit sur les téléphones portables, entre autres.

Cette découverte est aussi très utile en ce qui concerne les rapports humains. Une demi-heure de réflexion peut s'avérer décisive quand il faut choisir le lieu ou le moment pour avoir une conversation importante avec quelqu'un.

Je continue à utiliser cette règle des trente minutes et je dois avouer que parfois je la rallonge un peu jusqu'à quarante ou quarante-trois minutes. C'est comme si l'on pouvait dilater le temps, être maître de ses réponses et ses désirs.

Quatrième découverte :
« Il faut se poser cinq bonnes questions par jour »

Prends un petit carnet et note tout ce que tu ne comprends pas.

Mon médecin, le jour où il m'a annoncé que j'avais le cancer.

C'est le premier conseil que m'a donné le médecin qui m'a pris en charge quand je suis arrivé à l'hôpital. Il m'a remis un petit carnet et m'a dit de noter tout ce que je ne comprenais pas.

Ensuite, il m'a expliqué ce qui allait se passer concernant ma maladie au cours des cinq années suivantes. C'était vraiment impressionnant, il a vu juste pour presque tout. Parfois, avant de m'endormir, je me souviens de ce moment et j'imagine ce qu'il se serait passé si au lieu de me parler du cancer, il m'avait parlé de ma vie. S'il avait pu me prédire l'avenir sur cinq ou dix ans, me dire de qui j'allais tomber amoureux, ce que j'allais entreprendre. Cela aurait été vraiment incroyable.

Mais je ne veux pas lui enlever son mérite qui était déjà énorme. Il m'a parlé de biopsies, de tumeurs, d'ostéosarcomes, de rechutes. Mes parents l'écoutaient et moi je notais, j'écrivais comme un fou. C'était étrange, parce qu'à mesure que j'écrivais, je me sentais mieux. C'était comme si le fait d'extérioriser mes doutes en les mettant par écrit faisait disparaître le mystère, la terreur et la peur.

À la fin de l'entretien, il m'a regardé et m'a demandé : « Des questions ? » Je lui ai dit que j'en avais quarante-deux ; c'était celles que j'avais eu le temps de noter. Il y a répondu le jour même, mais cela en a fait surgir vingt-huit autres. Plus il m'expliquait, plus j'avais d'interrogations, mais plus il y répondait, plus je me sentais apaisé. C'était comme une boucle où nous étions gagnants tous les deux.

J'ai toujours su qu'être informé est capital dans la vie. On ne peut pas combattre le cancer si on ne sait pas à qui l'on a affaire. D'abord, connaître l'adversaire ; se renseigner puis l'affronter.

Je crois que ce que j'ai le plus apprécié pendant toutes ces années, c'est que j'ai toujours obtenu des réponses à mes questions. Les réponses soignent, elles aident. Se poser des questions, c'est se sentir vivant. C'est aussi construire une relation de confiance, le médecin sait que tu sauras gérer l'information.

Mais ce n'est pas seulement quand on est malade qu'on a des doutes. La vie génère une quantité d'interrogations. Au moment où je suis sorti de l'hôpital, je me suis posé plein de questions. J'avais quitté le collège à quatorze ans et je n'avais pas remis les pieds dans un établissement scolaire avant d'aller à l'université. J'avais des milliers de questions dans mon esprit. C'est alors que j'ai décidé d'acheter un petit carnet jaune (je ne savais pas vraiment pourquoi j'avais choisi cette couleur, mais maintenant, je comprends). J'ai commencé à établir la liste de mes questions et j'ai aussi décidé d'indiquer les personnes qui pouvaient y répondre.

À l'hôpital, c'était très simple :

1. Les questions difficiles devaient être posées au médecin.
2. Celles d'une difficulté moyenne à l'infirmière.
3. Les questions faciles (ou au contraire les plus compliquées) aux brancardiers et aux voisins de chambre.

Mais dans la vie, ce n'est pas si simple. Je notais donc mes interrogations, mes doutes, et la personne qui pouvait me donner une solution. C'est ce que je conseille ; au début, on se sent un peu bête en écrivant les questions et le nom de la personne qui peut apporter des réponses. Mais au fur et à mesure que les réponses arrivent, on se sent mieux : la méthode fonctionne et on devient un accro du carnet.

Je me suis servi de ce système dans tous les domaines de ma vie : le domaine affectif, familial, amical ou dans les relations Soleil (j'expliquerai plus tard qui sont les êtres Soleil). Cela m'a toujours réussi.

La méthode est très simple.

1. Choisir une couleur pour son petit carnet. Cette couleur doit avoir un lien particulier avec soi. Il se dégage une couleur de chacun de nous et cela n'a rien à voir avec la couleur de nos vêtements préférés. On peut adorer le bleu de nos jeans, mais notre couleur personnelle est peut-être l'orange. Elle est très facile à découvrir. Prendre une boîte de feutres de toutes les couleurs, en choisir un pour dessiner, n'importe lequel : ne pas chercher davantage, c'est la bonne couleur.

2. Acheter dix petits carnets. Oui, c'est vrai ; un seul paraît suffire, mais en réalité, il faut un carnet par domaine. J'ai toujours pensé que les gens avaient une dizaine de sujets de préoccupation dans la vie, que leur pensée prenait toujours une dizaine de chemins différents. Utiliser donc un carnet par domaine.

3. Noter toutes ses questions. Les questions stupides : comment font les gens pour être si bien coiffés ? Les questions compliquées : comment font les gens pour tomber amoureux, alors que moi, je ne pense qu'au sexe ? Les questions éternelles : qui suis-je ? comment voudrais-je être ? ne sais-je vraiment rien ? Les questions pratiques : comment loue-t-on un avion de tourisme ? quelle est la procédure pour divorcer ?

4. Chercher les personnes qui peuvent avoir les réponses. Pour chaque question, il est toujours possible de trouver quelqu'un qui saura en apporter une. Il faut absolument écrire un nom à côté de chaque interrogation ; celui d'une personne qu'on ne connaît pas encore, de quelqu'un de célèbre, d'imaginaire ou d'impossible. Mais ne jamais laisser de case vide.

5. S'interroger, laisser le doute pénétrer dans notre esprit avant de le noter, puis s'interroger à nouveau. On ne se sent mieux que lorsqu'on a étanché la soif de questions qu'il y a en nous.

À l'hôpital, on nous disait toujours qu'il fallait boire deux litres d'eau par jour. Mon médecin rajoutait toujours : « Et se poser cinq bonnes questions. » Il ne faut pas l'oublier, se poser cinq questions et boire deux litres d'eau par jour.

Cinquième découverte : « Montre-moi comment tu marches et je te dirai comment tu ris »

Ce n'est pas facile de rire ; de respirer non plus. Il faudrait des écoles pour apprendre à rire et à respirer. Mais je t'ennuie peut-être ?

Ce sont les derniers mots que j'ai entendus de la bouche de l'infirmier qui m'a conduit à la salle d'opération avant l'amputation de ma jambe.

Nous naissons tous avec des insuffisances, nombreuses, variées. Avec le temps, nous les compensons d'une façon ou d'une autre. Parfois on réussit, parfois on fait ce qu'on peut. Il arrive qu'on n'en soit pas conscient. Notre cerveau est si intelligent qu'il peut parfois nous cacher les informations les plus essentielles sur nous-mêmes.

Nous ne savons pas marcher, mais petit à petit, nous apprenons. J'ai eu la chance d'avoir quatre façons de marcher différentes.

1. Mes premiers pas, quelque temps après ma naissance. Une manière d'enchaîner des pas

rapides, qui a pris une allure espiègle au moment de l'adolescence. C'est une démarche qui me faisait beaucoup rire, de façon diverse et étrange.

2. Quelques années plus tard, mes seconds premiers pas, quand on m'a mis ma première jambe orthopédique mécanique. C'était une démarche plus maladroite, un peu comme sur des ressorts. Cette façon de marcher m'a transformé, je me sentais mal à l'aise et je ne riais plus.

3. Plus tard, j'ai reçu une jambe hydraulique ; la démarche qu'elle me donnait était plus joyeuse, plus chantante, comme si je faisais partie d'une comédie musicale. Grâce à elle, je me suis senti mieux et j'ai commencé à éclater de rire, de très brefs instants. C'est alors que je me suis rendu compte que le rire était lié à la démarche. Montre-moi comment tu marches et je te dirai comment tu ris. Il y a quelque chose dans notre façon de marcher qui nous incite à rire et à manier l'humour.

4. Maintenant, je porte une jambe électronique ; mon rire et ma démarche sont totalement interconnectés. Le plus drôle, c'est que je dois recharger la batterie la nuit. Parfois, j'hésite entre mettre en charge le portable, l'ordinateur ou ma jambe. J'ai l'impression que c'est un luxe de pouvoir se poser de telles questions.

Notre façon de marcher est fondamentale. Les gens ne se préoccupent pas assez de leur démarche : « Je marche comme ça, j'ai toujours marché comme ça. » Ils pensent qu'ils ne peuvent plus changer ; si cela fait trente ou quarante ans qu'ils ont la même démarche, pourquoi changeraient-ils ?

Ils ne se rendent pas compte que le changement est possible. Il faut essayer de trouver sa propre respiration, celle qui convient le mieux. Sentir comment l'air entre dans et sort de nos poumons. Après avoir trouvé notre façon de respirer, il faut penser à la manière dont elle fait bouger nos jambes ; la respiration et le mouvement sont liés.

Peu à peu, on trouve une démarche différente de celle d'avant. C'est notre nouvelle façon d'inspirer et d'expirer l'air qui lui donne une autre allure. Souvent, on a du mal à se reconnaître dans un miroir ; c'est une impression très bizarre, comme si ce n'était pas nous, mais un autre qui était en train de marcher. Puis, petit à petit, cette nouvelle façon de marcher peut se transformer en une nouvelle façon de courir. Même si cela est réservé aux initiés.

Tu vas enfin te rendre compte qu'en touchant le sol d'une manière différente, quelque chose va naître en toi. Une sorte de sentiment semblable à la joie : voilà le germe du rire. C'est ce sentiment, cette sensation que tu dois transformer en rire.

Peu à peu, sans te presser, étudie le rire qui est né de cette nouvelle démarche. Choisis ton rire. Exerce-toi, d'abord chez toi, dans l'intimité. Puis quand tu l'auras décidé, fais-le écouter à tes proches, ris avec eux, sans peur, sans honte. Laisse-toi aller.

Voilà ton rire. Il suffit de l'exploiter à fond et presque sans t'en rendre compte, il va changer ta façon d'être et ta manière de jouir de la vie.

On prend quelques minutes à choisir un vêtement qu'on veut acheter, quelques heures pour une voiture et des mois pour une maison. Cependant, pour quelque chose d'aussi personnel que le rire, qui définit notre caractère, notre essence, notre moi, on se contente d'un modèle de série.

Souviens-toi de la liste :

1. Cherche ta manière de respirer. Comment ? En respirant : en prenant puis en rejetant l'air. En pensant à la façon d'inspirer qui te définit. Ne tente pas de la trouver en une journée, donne-toi au moins une semaine. Savoure bien ce jeu.

2. Pratique cette respiration en mouvement. Laisse cette nouvelle façon de t'oxygéner te donner des ailes. Marche vite, lentement, sur la pointe des pieds ; tout ce dont tu as besoin. À la fin, tu vas trouver la façon de te déplacer qui te convient et tu vas la reconnaître.

3. Marche et savoure ce sentiment. Pendant une demi-heure. Ce sentiment de joie peut se transformer en rire. Ce que tu ressens, c'est la matière du rire. Ris, souris, choisis une manière d'émettre le son de la joie.

4. Mets cela en pratique chez toi ou en groupe. C'est bien d'imiter le rire de tes amis. Cela va créer un carrousel de rires et c'est très positif.

5. Choisis un rire et pense que c'est quelque chose qui te définit. Sois fier de ta nouvelle acquisition et montre-la à tout le monde avec fierté. J'ai trouvé une démarche, une respiration et un rire. Ce sont des choses que tu dois montrer sans avoir honte, comme si tu étais un nouveau-né.

6. Renouvelle ton rire tous les deux ans. Tous les deux ans, je reçois une nouvelle jambe et j'ai la chance qu'en modifiant ma façon de marcher, cela me permet de tout changer. Nos poumons évoluent aussi, ils vieillissent, mais ce ne doit pas être eux qui marquent le rythme de notre respiration ; il faut prendre les devants et choisir nous-mêmes de quelle manière nous voulons nous oxygéner.

Marche, respire, ris et amuse-toi. C'est tout simple. Tel est le conseil que m'a donné cet infirmier qui me conduisait vers la salle d'opération pour l'amputation de ma jambe. Moi, j'étais en train de penser à la jambe que j'allais perdre, et lui, il me parlait de respiration, de démarches, de rires. Je me souviens que la conversation s'est terminée par un : « Mais je t'ennuie peut-être ? ». Bien sûr qu'il ne m'ennuyait pas. Parfois, nous sommes tellement centrés sur nous-mêmes, sur notre problème, que nous oublions qu'à ce moment précis nous pourrions faire la plus grande découverte de notre vie.

Sixième découverte :
« Lorsque nous sommes malades, nous sommes sous contrôle permanent et nous avons un dossier : un historique médical. Lorsque nous avons une vie normale, nous devrions en avoir un autre : un dossier vital »

Le patient est guéri.

Derniers mots et dernière ligne
qu'a tracés mon oncologue
dans mon dossier médical

Mon dossier médical est interminable ; il a grossi jour après jour, mois après mois, année après année. La dernière fois que je suis allé à l'hôpital, il était si lourd qu'ils le transportaient dans un chariot.

J'aime la couleur de la chemise de ce dossier, d'un gris neutre, surtout parce qu'elle n'a pas changé depuis le début. Peu de choses dans notre vie restent pareilles. Je ne trouve pas que le gris soit laid, c'est juste qu'il a mauvaise presse : le temps, les costumes gris… À peine plus apprécié que le noir. Pourtant, le gris est une couleur qui a beaucoup de classe, je pense que c'est la couleur idéale pour un dossier médical.

À l'intérieur, on trouve l'écriture de plus de vingt médecins différents.

1. Celle de mon oncologue (profession étrange, mais il en faut bien). Ce sont les méchants du film pour tous les malades du cancer. Les médecins qui choisissent cette spécialité ont toute mon admiration.

2. Celle de mon traumatologue ; les traumatologues, ce sont eux qui remportent tous les succès. J'aurais bien aimé être traumatologue, c'est presque comme être semblable à Dieu.

3. Celle de mon thérapeute postopératoire, celles des radiologues, des…

La liste est interminable. Cela me rappelle quand j'étais petit et que j'allais à la chasse aux autographes de footballeurs ; c'est pareil, mais au lieu d'une seule signature griffonnée, on en trouve des centaines, avec les spécialités médicales en plus.

Le dernier jour où j'ai vu mon dossier médical, c'était dans le cabinet de l'oncologue et il a écrit : « Le patient est guéri. » Dessous, je m'en souviens parfaitement, il a tracé une ligne horizontale. Cela m'a beaucoup impressionné. Il a refermé le dossier, l'a remis sur le chariot et le brancardier l'a emporté. C'est la dernière fois que j'ai vu mon dossier médical.

Je croyais que je n'allais pas le regretter. Mais quand je suis revenu à la vie normale, j'ai pensé que ce serait une bonne idée d'en constituer un autre, pas médical, mais vital.

J'ai acheté une chemise (grise, bien sûr) et j'ai réfléchi à ce que je pouvais y mettre. Il était évident que j'allais tenir un journal ; je le conseille à tout le monde. Quoi de plus réjouissant que de relire ce qui nous préoccupait il y a deux ou trois ans et de nous rendre compte que maintenant on s'en moque (parfois parce qu'on a obtenu ce qu'on voulait, d'autres fois parce qu'en fait, on ne le désirait pas vraiment) ?

Mais les journaux intimes ne sont qu'une partie de l'historique vital ; ce n'est pas suffisant. Le plaisir, c'est d'y retrouver tout ce qu'on a vécu ; comme ça, quand on traverse un moment difficile, on peut l'ouvrir et respirer la vie.

On est en droit de se demander s'il est nécessaire d'avoir un tel contrôle sur sa vie. Pour moi, la réponse est un « oui ! » bien net. À quoi sert un dossier médical ? Tout simplement à laisser une trace du moment où l'on a eu telle ou telle crise, de la façon dont elle a été surmontée, de la date du malaise suivant, des symptômes qui l'accompagnaient et du remède qu'on y a apporté. Mes médecins n'arrêtaient pas de consulter ce dossier quand il y avait un problème. Je suis sûr qu'il m'a évité de nombreuses radiographies, des analyses et une médication excessives. La mémoire est si sélective...

L'avantage de tout mettre par écrit est que cela nous permet de nous rendre compte que la vie est cyclique : tout revient et revient encore. Le problème, c'est que nous avons une mémoire courte et limitée. Il est fascinant de voir à quel point les souffrances et les joies de notre vie se répètent ; on peut trouver des solutions à tout dans notre dossier vital.

Je sais bien ce que tu penses. Ne crains rien, cela ne va pas te prendre beaucoup de temps. Tu dois juste écrire quelques minutes par jour et réunir des objets ; ils auront la même fonction que les radiographies et les analyses de sang. Ils sont importants, il n'y a pas de dossier sans preuves ! Il pourra s'agir de la carte d'un restaurant où tout s'est passé comme tu souhaitais, de petits cailloux provenant d'une île où ta vie a pris un nouveau tournant et où tu t'es senti comblé, ou tout simplement du ticket de parking du centre commercial où tu as vu ce film qui a changé ta vie.

Ce dossier vital grossira de jour en jour et avec le temps tu devras peut-être racheter une deuxième puis une troisième chemise.

Dans le meilleur des cas (j'ai dit le meilleur et non le pire), un jour tu vas mourir et tes enfants, tes amis, tes êtres Soleil hériteront de ce dossier vital et sauront ce qui te rendait heureux, ce qui te comblait. Y aura-t-il quelque chose de plus beau pour eux que de te connaître davantage ? Je ne le pense pas. Voilà la grande récompense : ouvrir les boîtes des gens qu'on aime, en savoir plus sur eux. J'ai des amis qui ont des tiroirs secrets que je ne connais pas et quand je découvre quelque chose de plus sur eux, je me sens plus heureux, plus comblé.

Revoyons ensemble la liste des choses à faire pour constituer son dossier vital :

1. Acheter un dossier plutôt grand, presque comme une boîte d'archives. Choisir la couleur, mais je recommande le gris.
2. Écrire chaque jour trois ou quatre choses qui nous ont rendus heureux. Pas plus ; ne pas chercher plus loin. Écrire : « Aujourd'hui, j'ai ressenti de la joie à un moment de la journée. »
3. Indiquer l'heure, la date, le lieu et le motif. Est-ce que tout doit renvoyer au bonheur ? Non, bien sûr que non. On peut parler de nostalgie, de sourires, d'ironie. Mais tout doit être positif. Dans un dossier médical, on n'évoque que les maladies, les problèmes et les périodes de convalescence ou de rémission ; dans le dossier vital, il faut parler de la vie, des bonnes choses, du bonheur.

Réalise cet exercice, pense aux choses positives qui te sont arrivées, aux lieux et aux gens avec qui tu étais. Peu à peu tu vas découvrir des schémas récurrents. Les personnes qui te rendent heureux, les lieux et les moments de la journée où tu te sens plein de vitalité.

4. Rajouter du matériel. Dès qu'on peut, prendre un objet en relation avec ce moment. Les objets sont imprégnés de joie et ont leur place dans le dossier vital.

Tout peut convenir, ils doivent juste appartenir au lieu. Ne pas entasser trop de choses : il faut être sélectif ou sinon, ce dossier vital finira par envahir la maison.

5. Le relire, le toucher quand on se sent mal et triste, mais aussi quand on se sent heureux. Au moins une fois tous les six mois, il faut lui consacrer un moment, lui rendre visite pour découvrir notre identité, les choses et les schémas qui se répètent dans notre vie. Chaque parcelle découverte est comme un pas franchi vers un autre état d'âme.

6. À notre mort, il faut le donner, le léguer. Rappelle-toi, il n'est pas juste pour toi, il est aussi pour les autres, pour ceux qui t'aiment.

Je crois que ce sera merveilleux, le jour où je léguerai mon dossier vital et mon dossier médical. Celui qui les recevra sera heureux d'avoir les deux dossiers. Grâce à l'un, il pourra savoir combien de leucocytes j'avais en octobre 1988, comment était ma jambe gauche vue aux rayons X (peu de gens la connaissent désormais) et il pourra surtout voir cette ligne horizontale. Que de beauté peut contenir cette ligne ! Grâce à l'autre dossier, il comprendra pourquoi je ris, pourquoi je m'enthousiasme, pourquoi je meurs. En fait, je crois que je les offrirai à deux personnes différentes. Il est toujours bon de partager la connaissance.

Septième découverte :
« Sept conseils pour être heureux »

> Mon garçon, tu ne dors pas ? Alors, écoute mon premier conseil. Dans la vie, le plus important, c'est de savoir dire non. Écris-le pour ne pas l'oublier.
>
> *Mon premier voisin de chambre.*
> *Monsieur Fermín (76 ans)*
> *5 h 12 du matin*

Ce conseil m'a été donné par un homme âgé avec qui j'ai partagé ma première chambre d'hôpital. C'était une chambre de six lits ; plus tard, j'ai eu une chambre double. Il m'a dit cela au petit matin. C'est une heure qui réunit les gens et incite à confier ses rêves les plus inavouables. Puis le jour se lève et avec lui… avec lui… parfois les remords.

Monsieur Fermín était un homme étonnant : il avait soixante-seize ans et avait exercé une trentaine de métiers différents. Il racontait une foule d'anecdotes. Aux yeux d'un gamin de quatorze ans qui se trouvait pour la première fois à l'hôpital, il était un véritable modèle ; je rêvais d'avoir le même parcours mais je n'étais pas sûr d'y arriver. Il me fascinait. C'était une force de la nature.

Il n'arrêtait pas de manger des oranges ; il adorait les oranges. Il sentait l'agrume. Au cours des sept nuits où nous avons partagé la même chambre, il m'a donné des conseils pour être heureux dans la vie.

L'explication qui suivait durait une bonne heure, avec dessins à l'appui. Son auditoire se limitait à un ami Pelé originaire des Canaries et moi (cet ami était manchot et je devais perdre ma jambe un peu plus tard). Ses histoires étaient amusantes et il nous obligeait à tout noter. Je suis sûr qu'il pensait que nous ne comprenions rien. Ce qui était vrai la plupart du temps, mais ces notes gribouillées avec mon écriture d'adolescent m'ont servi toute ma vie.

Il nous a fait promettre de ne jamais parler de ces sept conseils, si ce n'est à l'approche de la mort. Nous l'avons promis tous les deux, mais nous avons eu une dure négociation (à l'adolescence, on négocie tout) : ce secret nous semblait trop difficile à garder. À la fin, il nous a autorisés à dévoiler un seul conseil.

Le voici : c'est le premier qu'il m'a donné, au tout début de mon hospitalisation. C'est un souvenir qui sent l'orange, j'adore quand les souvenirs ont une odeur. Il nous a fait asseoir, nous a regardés tous les deux et nous a dit : « Notez : il faut savoir dire non dans la vie. »

L'autre garçon et moi, nous nous sommes regardés ; nous ne comprenions rien. Dire non à quoi ? Et en plus : pourquoi dire non, alors que c'est bien mieux de dire oui ?

Il nous a expliqué pourquoi il fallait savoir dire non. Voilà ce que j'ai noté :

- Non à ce que tu ne veux pas.
- Non à ce que tu ne souhaites pas même si tu ne le sais pas encore.
- Non par compromis.
- Non si tu sais que tu ne pourras pas assumer ta décision.
- Non à l'excès.
- Et surtout : non à toi-même !!!

Je crois que le « non à soi-même » devait être le plus important car il nous a obligés à ajouter beaucoup de points d'exclamation. À côté du dernier point, il y a même une tache d'orange (du moins, c'est ce que je crois). Parfois, on désire une chose à tel point qu'elle devient réalité.

Il est mort le lendemain du jour où il nous a donné le septième conseil. C'est une de ces morts qui m'ont marqué : il nous donne sept conseils pour être heureux puis il meurt. L'un comme l'autre, nous nous sommes rendu compte de la valeur de ce qu'il nous avait légué. Nous avons décidé de faire un pacte : ne jamais perdre ces notes et les mettre en pratique dès que nous les comprendrions.

Pendant des années, j'ai oublié ces conseils pour être heureux. Cette liste posthume contenait, même si je l'ignorais encore, les règles du bonheur. Petit à petit, j'ai commencé à les comprendre, à les assimiler.

J'ai souvent dit non dans ma vie ; quand j'étais à l'hôpital et depuis que j'en suis sorti. Je n'ai jamais pensé qu'un « non » devait être un « oui ». Quand on décide que c'est « non » et qu'on est sûr de soi, on est certain d'avoir fait le bon choix.

Parfois, j'ai envie que ma mort approche pour pouvoir transmettre les autres conseils. Mon ami des Canaries a déjà eu cette chance ; il est mort six ans après, et avec un sourire aux lèvres, il m'a dit qu'il les avait donnés à trois autres personnes. C'était un type génial, qui parlait peu ; je crois qu'on accorde un peu trop de valeur à la parole.

Liste des « non » :

1. Il faut savoir dire non.
2. Les « non » doivent s'appliquer aux choses qu'on désire, qu'on ne désire pas, à celles qui nous dépassent et aussi à nous-mêmes.
3. Il faut accepter les « non », avoir confiance en soi ; si l'on a dit non, il faut s'y tenir.
4. On peut profiter des « non » comme des « oui ». Un « non » n'est pas forcément négatif, on peut s'en réjouir autant que d'un « oui ». Il peut être joyeux, ouvrir de nouvelles perspectives. Il ne

doit pas être vécu comme une privation mais comme une porte ouvrant sur d'autres « oui ».

La dernière chose que j'ai notée dans mon cahier est la suivante : « Être sûr que dire non permettra souvent de dire oui. » À quatorze ans, je n'ai rien compris à cette phrase ; à trente-quatre ans, je vois ce qu'il voulait dire. J'ai hâte d'avoir soixante ans pour voir quel nouveau sens prendra ce qu'il m'a raconté. Chaque année qui passe, ces sept conseils prennent une coloration différente. C'est l'avantage de l'âge : il modifie tout. C'est ce qui est passionnant dans le fait de mûrir.

C'est pourquoi je relis chaque année ces conseils pour être heureux. À ton tour, profite bien du premier. Un sur sept, ce n'est pas si mal.

Huitième découverte : « On cherche toujours à cacher ce qui en dit le plus long sur nous »

Dis-moi ton secret et je te dirai pourquoi tu es si spécial.

Nestor, le brancardier le plus chaleureux que j'ai eu.

Nous sommes tous spéciaux. C'est un cliché, mais c'est vrai. À l'hôpital, nous n'avons jamais aimé les termes « handicapé », « invalide » ou « infirme ». Ce sont des mots à bannir ; les incapacités physiques n'ont rien à voir avec cela.

Longtemps après, j'ai travaillé avec des déficients mentaux et je me suis rendu compte que ces mots étaient aussi à proscrire. Ces personnes très spéciales m'inspirent le respect ; ce sont des gens sensibles, innocents et simples. Et je le dis dans le bon sens du terme. Ils sont spéciaux.

Il me manque une jambe et un poumon, bien que j'aie toujours eu l'impression d'avoir un moignon et un seul poumon. Avoir ou ne pas avoir, tout dépend de la façon de voir les choses. Moi aussi, à ma façon, je suis spécial. Je pense que cela m'a marqué d'une certaine manière et m'a rendu différent.

Mais il n'y a pas seulement les carences physiques ou psychiques qui peuvent rendre quelqu'un spécial. Comme je l'ai déjà dit, nous sommes tous spéciaux. C'est un potentiel à cultiver.

Il y avait un brancardier à l'hôpital qui nous disait : « Dites-moi quel est votre secret et je vous dirai pourquoi vous êtes si spéciaux. » Pendant les périodes de convalescence, il nous parlait des gens spéciaux et des secrets que nous possédons tous. Il pensait que les secrets étaient nécessaires dans la vie, ce sont des trésors personnels auxquels nous sommes les seuls à avoir accès. Comme personne ne les connaît, il n'y a pas de clé pour les découvrir ; ils nous marquent profondément parce que nous ne les partageons pas.

Il nous parlait surtout de l'importance de dévoiler ses secrets, de montrer aux autres ce qui nous rend spécial, différent, ce dont on a toujours le plus de mal à parler.

Quand il expliquait tout cela, je le fixais du regard. Je voulais savoir ce que cachait cet homme au teint mat, aux yeux ronds et aux sourcils marqués. Je voulais savoir pourquoi il était spécial, quels étaient les secrets qui le rendaient différent.

Je ne l'ai jamais su, mais il nous a appris quelque chose de vital : ce que nous avions (des moignons, des cicatrices, des hématomes, notre absence de cheveux...), c'était des choses qui nous rendaient différents, mais il ne fallait jamais les cacher. Au contraire, nous devions en être fiers.

Il a atteint son objectif car je n'ai jamais eu honte de mes problèmes physiques. En plus, il a réussi à faire en sorte que nous considérions les secrets, les choses qu'on a du mal à partager, comme des preuves pour révéler notre différence.

Quand j'ai quitté l'hôpital, je n'ai pas oublié ces leçons. Chaque fois que j'ai eu un secret, j'ai pensé que c'était une bonne chose et que je déciderais moi-même quand je le partagerais et à quel moment il me rendrait spécial. Ce que l'on cache est ce qui nous définit le mieux.

La formule est la suivante :

1. Pense à tes secrets cachés.
2. Laisse-les mûrir puis dévoile-les. Réjouis-toi en les gardant mais encore davantage en les révélant.
3. Quand tu dévoileras tes secrets, tu deviendras quelqu'un de spécial. Quoi que ce soit, c'était à toi, et maintenant c'est à tout le monde. On cherche toujours à cacher ce qui en dit le plus long sur nous.

Neuvième découverte : « Soufflons »

Ne souffle pas juste le jour de ton anniversaire.
Souffle et fais un vœu, souffle et fais un vœu.

La mère de mon ami Antonio, Pelé qui nous a quittés en « soufflant » à treize ans.

Pendant mon séjour à l'hôpital, on m'a fait peut-être mille injections, sans mentir. J'ai des veines enkystées, des veines sèches, des veines cachées. J'adore quand une veine décide de descendre dans les profondeurs de l'organisme, loin de la peau et des piqûres. Que les veines sont intelligentes !

Chaque fois qu'on me faisait une piqûre, je soufflais quand je sentais la douleur, mais aussi après, quand je ne la sentais plus. Souffler rend tout plus facile ; j'aime penser que quelque chose de magique se passe quand on souffle.

Je me rappelle que la mère d'Antonio, un petit Pelé très drôle qui me faisait toujours rire, nous racontait qu'il fallait souffler et faire des vœux.

Elle disait que les gens le font le jour de leur anniversaire parce qu'ils croient que les anniversaires ont un pouvoir magique, mais ils ignorent qu'en fait c'est le souffle qui détient ce pouvoir. J'adorais la mère d'Antonio, elle nous racontait toujours des histoires fabuleuses, avec plein d'exemples. Elle nous expliquait, entre autres, le pouvoir du souffle.

Elle nous parlait des mères qui soufflaient sur les petites blessures de leurs enfants qui étaient tombés de bicyclette, des égratignures qui guérissaient grâce à un souffle et à un peu d'eau oxygénée. Le superpouvoir du souffle.

J'y ai cru dur comme fer. Chaque fois qu'on me faisait une injection, je n'oubliais jamais de faire un vœu. Je soufflais, je pensais à un vœu puis je sentais la piqûre. Je me mettais automatiquement à sourire. Quelle chance de pouvoir faire tant de vœux ! J'avais l'impression d'être un privilégié. En plus, je dois dire que beaucoup de mes vœux ont été exaucés.

Une fois revenu à la vie normale, j'ai continué à souffler. Je souffle deux ou trois fois par semaine, sans raison apparente ; quand je sens que j'en ai besoin. Comme le disait la mère d'Antonio, on accumule les souffles à l'intérieur et il faut les extraire, les faire sortir. Il faut souffler au moins une fois par semaine et faire un vœu.

Je pense parfois que tant de mes souhaits ont été exaucés parce que j'ai beaucoup soufflé à l'hôpital.

Sans le savoir, notre organisme nous a donné une arme contre la malchance ; le problème, c'est que ce superpouvoir est si quotidien qu'on ne le perçoit pas.

Rappelle-toi :

1. Faire un « O » avec ses lèvres.

2. Penser à un vœu, mais penser aussi qu'il va peut-être être exaucé. Il ne faut pas choisir n'importe quoi.

3. Souffler. Faire sortir l'air, son air. Et ne pas oublier : plus le vœu est important, plus on doit souffler fort. L'idéal serait de souffler jusqu'à ne plus avoir d'air dans les poumons. Plus un souffle.

Je suis certain que les centenaires ont beaucoup soufflé. C'est cet échange d'air, le fait d'inspirer et d'expirer, qui leur a donné une vie si longue.

Antonio est mort en soufflant. Je ne sais pas quel vœu il a fait, mais sa mère m'a dit qu'elle était sûre qu'il était exaucé. Je le crois aussi. Il faut faire un « O » et souffler. Je vais faire un autre vœu…

Dixième découverte :
« N'aie pas peur de celui que tu es devenu »

> Albert, fais confiance à ton « moi » passé. Respecte ton « moi » antérieur.
>
> *Un des médecins les plus intelligents que j'ai eus. Phrase qu'il m'a dite alors qu'il m'expliquait ce qui allait se passer pendant l'opération.*

Mon médecin me disait toujours qu'il voulait le meilleur pour moi, mais que parfois ce qui semblait le mieux ne l'était pas. Il est compliqué de savoir comment va réagir le corps humain à un médicament, une thérapie ou une opération. Mais il me demandait surtout de lui faire confiance et me répétait : « j'ai toujours pensé que si mon "moi" passé avait pris cette décision, c'était parce que j'y croyais » (notre « moi » passé, c'est nous-mêmes quelques années, quelques mois ou quelques jours auparavant). Chacun doit respecter son « moi » antérieur.

C'était sans aucun doute un grand conseil. Même si à ce moment précis, je ne l'ai pas considéré comme tel. J'étais sur le point de me faire opérer et j'espérais que son « moi » de l'époque ne se trompait pas.

Quand je suis sorti de l'hôpital, j'ai réfléchi à ces paroles. C'était une belle découverte, pas uniquement pour la vie à l'hôpital, mais aussi en général. Parfois, on croit avoir pris de mauvaises décisions ; c'est comme si l'on pensait qu'on était plus intelligent maintenant qu'auparavant, comme si notre « moi » passé n'avait pas bien pesé le pour et le contre.

Depuis le jour où ce médecin m'a dit cela, j'ai toujours eu foi en mon « moi » passé. Je pense même qu'il est plus intelligent que mon « moi » futur. Lorsque je prends une mauvaise décision, je ne me fâche pas, je pense que c'est moi qui l'ai prise et qu'elle a été méditée et réfléchie (c'est vrai, je prends toujours le temps de la réflexion).

Il ne faut pas se décourager à cause des mauvaises décisions qu'on a prises. Il faut faire confiance à son ancien « moi ». C'est sûr que notre « moi » de quinze ans a pu se tromper en refusant d'étudier telle ou telle matière, ou notre « moi » de vingt-trois ans en allant faire ce voyage, ou encore notre « moi » de vingt-sept ans en acceptant ce travail. Mais c'est nous qui avons pris ces décisions et nous y avons certainement réfléchi un moment. Pourquoi croyons-nous avoir maintenant le droit de juger ce qu'il (notre ancien « moi ») a décidé ? Acceptons et n'ayons pas peur d'être celui qu'on est devenu à la suite de nos décisions.

Les mauvaises décisions nous aident à mûrir et plus tard, elles deviendront peut-être les bonnes. Acceptons cela et nous serons plus heureux dans la vie, et surtout avec nous-mêmes.

Mon médecin s'est trompé trois ou quatre fois. Je ne lui ai jamais rien reproché parce que je savais que ses erreurs n'étaient pas dues à un manque de professionnalisme ou d'expérience. Pour se tromper, il faut oser ; le résultat n'est que secondaire.

Je suis sûr que si l'on pouvait réunir notre « moi » de huit ans, celui de quinze et celui de trente, ils ne seraient d'accord sur rien et pourraient justifier chacune des décisions qu'ils ont prises. J'aime me fier à mon « moi » plus jeune, j'aime vivre avec le résultat de ses décisions.

J'ai une énorme cicatrice au niveau du foie à cause d'une opération inutile parce que finalement je n'avais rien, mais mon médecin croyait que j'avais un cancer du foie et que j'allais mourir si je ne me faisais pas opérer. Cette cicatrice me rend fier, je ressens une foule de choses très diverses quand je la regarde. Je sens monter un torrent d'émotions : c'est positif, très positif.

Résumons :

1. Analyse les décisions qui t'ont semblé mauvaises.

2. Souviens-toi de qui les a prises. Si c'était toi, rappelle-toi les raisons qui t'ont poussé à les

prendre. Ne te crois pas plus malin que ton « moi » passé.

3. Respecte-les et cohabite avec elles.

4. Tu es le résultat de tes décisions à hauteur de 80 %. Aime-toi pour ce que tu es, pour celui que tu es devenu.

5. Et surtout, reconnais que l'erreur est humaine. Il faut accepter les 20 % d'erreurs.

Comme me disait ce médecin : « Reconnaître » est le mot clé. On doit se reconnaître soi-même, reconnaître ce que nous sommes et reconnaître nos fautes.

À l'hôpital, on nous a appris à admettre qu'on pouvait faire fausse route. Mon médecin se trompait parfois et l'a toujours reconnu. Le monde irait mieux si l'on acceptait le fait qu'on se trompe, qu'on n'est pas parfait. Les gens essaient de se trouver des excuses, de chercher un autre coupable, de mettre tout sur le dos de quelqu'un d'autre ; ils ne connaissent pas le plaisir d'accepter leur erreur. Ce plaisir provient du fait de savoir qu'on a pris une mauvaise décision et qu'on l'admet.

J'adorerais voir des procès où les gens accepteraient leur culpabilité, où les conducteurs verbalisés reconnaîtraient qu'ils roulaient plus vite que la vitesse autorisée.

Il est important de reconnaître qu'on a eu tort, pour en prendre conscience et ne pas recommencer.

Peut-être que beaucoup de gens ont peur de la punition que cela peut parfois entraîner, mais les conséquences sont tout à fait secondaires ; la seule chose qui compte, c'est de fournir des données correctes à notre cerveau.

Onzième découverte :
« Trouve ce que tu aimes regarder
et regarde-le »

Waouh !

Exclamation prononcée par Marc, un petit Pelé, le plus jeune. Des yeux ronds comme des billes et une petite voiture argentée garée à un millimètre de lui.

Il y avait un enfant de cinq ans qui avait été admis à l'hôpital pour un cancer du tibia ; il venait parfois avec nous au soleil. Le soleil, c'était un endroit bien exposé près du parking, avec un panier de basket.

C'était compliqué d'obtenir une permission pour aller au soleil. Il fallait être en forme. En règle générale, on nous laissait au soleil de cinq heures à sept heures. J'adorais sortir de l'hôpital, cela me faisait du bien, comme si je partais en voyage à New York ; le contraste était énorme. Nous restions là deux heures à nous bronzer.

Le petit garçon nous accompagnait parfois. Mais il ne s'allongeait pas avec nous. Il restait debout, les yeux rivés sur les voitures qui se garaient. Si elles se garaient correctement, il était déchaîné, ses yeux s'agrandissaient comme des soucoupes, il souriait, riait et applaudissait de toutes ses forces. Si elles mettaient du temps à se garer ou faisaient trop de manœuvres, il devenait dingue, se mettait en colère et était même allé jusqu'à donner un coup de pied à une voiture.

Je ne sais pas d'où lui venait cette passion pour les voitures, mais peu à peu, au lieu de nous prélasser, on s'est mis à l'observer. C'était un spectacle unique en son genre. Il était passionné, intelligent, observateur ; une véritable énigme pour nous.

Je crois qu'il ne regardait pas les voitures mais les mouvements, les manœuvres, l'élégance. C'est ce qui le rendait fou : les formes, l'énergie du braquage, la douceur d'un stationnement.

Quelques mois après, on lui a trouvé des métastases dans les deux poumons. Ce jour-là, nous sommes descendus au soleil tous ensemble. Il n'avait pas eu de permission mais nous avons réussi à le faire passer avec celle d'un autre camarade.

Je savais qu'il serait content de contempler les voitures. Nous avons passé les deux heures à regarder les voitures se garer.

Quand nous sommes rentrés, je lui ai demandé : « Pourquoi tu aimes tant regarder les voitures, Marc ? » Il m'a sourit et m'a répondu : « Pourquoi vous aimez tant regarder le soleil ? » Je lui ai dit qu'on ne le regardait pas mais qu'il nous apportait…

que nous nous faisions bronzer… que c'était agréable… que… En réalité, je ne savais pas vraiment pourquoi nous le regardions.

Ne pas juger ; c'est la grande leçon que j'ai apprise de ce petit garçon ce jour-là. Il regardait les voitures et moi, le soleil. Je restais paisible alors que lui était excité comme un fou par ce qu'il voyait. Ses voitures lui apportaient certainement autant de choses que le soleil : la couleur, la santé et le bonheur. Ce qui est important, ce n'est pas tant ce qu'on regarde mais ce qu'on en retire.

Ce jour-là, j'étais vraiment en colère et j'ai beaucoup pleuré… Je ne voulais pas que cet enfant meure en quelques mois. Ce môme avec son regard sur les choses devait survivre, être à la tête d'un pays, diriger des hommes. Il y avait quelque chose dans sa passion qui m'éblouissait. Je n'ai jamais su ce qui lui était arrivé. Où qu'il soit, j'espère qu'il continue à regarder avec passion.

Je n'ai plus jamais jugé personne. Maintenant, je ne fais que me réjouir des passions des autres. J'ai des amis qui aiment les chants des oiseaux, les murs et même les ondes des téléphones portables.

Trouve ce que tu aimes regarder et regarde-le.

Douzième découverte :
« Commence à compter à partir de six »

Modifie ton cerveau.

Phrase que m'a dite un neurologue en pyjama bleu avant que je passe un scanner.

J'ai passé trois scanners du cerveau. Il ne faut pas bouger. J'essaie de ne penser à rien de personnel, j'ai peur que la machine ne l'enregistre. Je sais bien que ces machines n'impriment pas cela, mais j'ai l'impression que tout va être enregistré, alors je préfère ne penser à rien.

L'été de la Coupe du monde et du triomphe de Lineker, j'ai attendu trois heures dans une salle de l'hôpital et la seule chose à laquelle je pensais était que j'allais rater un match de demi-finale. J'étais sûr qu'au scanner, on verrait Lineker, ses buts et tous les supporters en train de vibrer.

Il y avait un monsieur qui me regardait. C'était un monsieur qui avait de petits yeux. Il portait un pyjama bleu, comme moi. Nous avons tout de suite commencé à parler : « Ils en mettent du temps. C'est pour un scanner ? » Ce sont des paroles qui créent des liens dans une salle d'attente.

Nous nous sommes rapprochés l'un de l'autre. Il m'a dit qu'il était neurologue. Nous nous sommes mis à parler du cerveau, de ces fameux 10 % que nous utilisons. C'est quelque chose qui m'a toujours préoccupé, j'espère vraiment que nos successeurs arriveront à en utiliser 30 ou 40 %. Au bout du compte, on se souviendra de nous comme de ceux qui ne se servaient que de 10 % de leur cerveau : il y aura ceux de l'âge de pierre, ceux de l'âge de fer, et ceux des 10 %, ce sera nous. Nous avons beaucoup évolué, mais pour les gens du XXXᵉ siècle, nous ne serons rien que des primitifs.

Le neurologue m'a dit que pour développer sa capacité cérébrale, il fallait modifier son cerveau.

Quand on dit les mots « modifier » et « cerveau » à un garçon de quinze ans, on capte tout de suite son attention : « Comment fait-on ? Je veux le faire ! »

Il m'a parlé de chiffres avec un exemple simple. Il m'a montré quatre objets : il s'agissait de quatre magazines. Il m'a dit de les compter. Je lui ai répondu qu'il y en avait quatre. Il m'a demandé : « Est-ce que tu as dû compter ? » J'ai dit que non, c'était facile. J'ai commencé à douter du fait qu'il soit neurologue, on aurait plutôt dit un patient du huitième étage (celui de la psychiatrie). Il a étalé ensuite cinq magazines et m'a dit de les compter. Soudain, je me suis aperçu que mon cerveau se mettait en marche. J'étais en train de compter, j'étais obligé de le faire. Il m'a souri et a plissé les yeux davantage : « Tu comptes, hein ? » Je l'ai regardé abasourdi.

Il m'a expliqué qu'à partir de cinq, nos 10 % de cerveau se mettent à compter. Une façon de l'exercer est de ne commencer à compter qu'à partir de sept ; puis de huit. Ainsi, on pourra l'obliger à augmenter sa capacité, à faire en sorte que plus de neurones se mettent en marche en même temps. Le modifier peu à peu pour qu'il soit moins paresseux, jusqu'à ce qu'on ne se rende plus compte qu'il se met en route.

Je voulais en savoir plus. Il m'a parlé du fait que lorsqu'on voit neuf personnes, on a la sensation de voir un groupe. Jusqu'à huit, ce n'est pas le cas mais à partir de neuf, notre cerveau identifie un petit attroupement. Voici une des manières de modifier notre cerveau : considérer qu'un groupe ne se forme qu'à partir de quinze ou vingt personnes.

C'était comme changer la configuration d'usine ou le modèle de série. Était-ce possible ? Il m'a répliqué que pour le cerveau, le modèle de série n'existait pas et que tout était possible.

On m'a appelé pour aller passer le scanner. Je savais que quand je ressortirais, il ne serait plus là. Cela arrive souvent à l'hôpital ; on s'en va une minute et la personne avec qui l'on a sympathisé a disparu.

Je lui ai dit au revoir en criant : « Je vais tout faire pour avoir un cerveau qui fonctionne à 15 ou 20 % ! » Il m'a rendu mon sourire. Quelques instants avant de refermer la porte de la salle d'examens, j'ai cru voir qu'une profonde tristesse se dégageait de lui. Je ne savais pas ce que c'était, mais ça m'a troublé ; il émanait quelque chose de cet homme.

Je me suis allongé dans l'appareil et on m'a dit de rester immobile. Je me souviens que c'est à partir de ce jour-là que j'ai commencé à modifier mon cerveau. Chaque fois qu'il considère quelque chose comme acquis, je le lui refuse et je modifie ce qui lui semblait évident. Je maintiens un dialogue et je change ce qui se trouvait dans le modèle de série.

Plus tard, j'ai su que cet homme n'était pas triste, mais au contraire très heureux. Mon cerveau a cru qu'il se dégageait de la tristesse de cette façon de regarder dans le vide, la tête baissée. C'était dans le modèle de série. Mais en réalité, c'était du bonheur, le bonheur d'entendre un garçon de quinze ans clamer ce qui lui tenait le plus à cœur.

Cette découverte est-elle utile pour la vie de tous les jours ? Son utilité, ce n'est pas vraiment le sujet ; c'est trop concret. Ne pas suivre au pied de la lettre la première idée qui nous vient à l'esprit. Réfléchir à ce que l'on pense. Chercher, ne pas se contenter de ce qui vient d'emblée.

On peut modifier son cerveau. J'ai réussi à faire en sorte que le mien ne compte qu'à partir de six ; cela peut sembler peu, mais j'en suis très fier.

Ne crois pas tout les yeux fermés. Remets tout en question et ta vie sera meilleure.

Treizième découverte :
« À la recherche du sud et du nord »

Les rêves sont notre nord, mais s'ils se réalisent, il nous faudra alors aller vers le sud.

Une infirmière de l'unité de soins intensifs, pendant qu'elle me caressait les cheveux et que je commençais à sentir que je n'avais plus qu'un seul poumon.

Ce conseil parle de lui-même.

Je ne veux pas m'attarder sur une chose si évidente.

Où l'ai-je entendue ? Dans l'unité de soins intensifs. Je venais de sortir de l'opération du poumon et j'avais perdu de la capacité pulmonaire. Qu'ont-ils fait de mon poumon ? Je me le suis toujours demandé.

Une infirmière s'est approchée de moi et m'a regardé. Elle m'a caressé les cheveux. C'était très agréable. À travers le masque médical, j'ai essayé de la remercier pour ce geste, mais mon visage engourdi par l'anesthésie devait sans doute exprimer le contraire.

Elle parlait avec une autre infirmière qui était en train de me caresser le pouce du seul pied qui me restait. C'est vrai, je le jure. Cela avait bien sûr un caractère sexuel, mais c'était merveilleux de se réveiller après avoir perdu un poumon et de recevoir tant de tendresse.

La plus jeune a dit à la plus âgée : « Les rêves sont notre nord, mais s'ils se réalisent, il nous faudra alors aller vers le sud. »

Cette phrase m'a tellement fasciné ! J'en ai presque eu le souffle coupé... Par chance, j'avais un respirateur artificiel et je n'ai pas eu à m'en inquiéter.

Elles ont quitté la pièce et j'ai pensé : « Le nord m'attend, car j'ai beaucoup de rêves... Et lorsque je les aurai réalisés, il faudra que j'aille vers le sud. »

J'ai mis cela en pratique en dehors de l'hôpital. Parfois, si l'on a la chance de réaliser ses rêves, on voit comment on arrive au nord. Dans ma tête, je visualise la partie nord de ma vie, je cherche ensuite un autre rêve puis je me dis : « Celui-ci doit se trouver au sud. »

C'est vrai, j'étais anesthésié et deux infirmières étaient en train de me caresser. Doit-on vraiment faire confiance à ce conseil donné dans un contexte si particulier ? Réponse : c'est peut-être le plus important de tous car c'est celui qui a pénétré au plus profond de moi.

Le sud et le nord. Juste cela. Chercher le sud, chercher le nord. Ne jamais cesser d'aller de l'un à l'autre.

Quatorzième découverte :
« S'écouter quand on est en colère »

Mon père n'a pas de voiture mais le samedi, nous allons à la fourrière pour crier sur le policier qui est là-bas. C'est amusant.

Jordi, un Pelé étrange car il n'a jamais perdu ses cheveux.
Un garçon pas comme les autres.

Parfois, il faut se défouler ; c'est vital. Pousser un coup de gueule, comme on dit. Sinon, on risque d'exploser.

Il y avait à l'hôpital un Pelé qui nous disait qu'il allait parfois avec son père à la fourrière ; là, son père criait sur le policier de garde. Il lui disait que c'était une honte de lui avoir enlevé sa voiture et de lui faire payer 120 euros ; il hurlait et ses cris montaient jusqu'au ciel. Après dix ou douze minutes, ils partaient et rentraient chez eux. La fourrière n'avait jamais pris leur voiture ; le père avait juste trouvé un endroit pour se défouler. Un mauvais endroit ? Bien sûr, car le pauvre policier de garde n'y était pour rien. Quelquefois, je pense à ces policiers ou aux personnes qui travaillent au service des bagages perdus à l'aéroport. Où déversent-ils leur colère ? Comment peuvent-ils avoir envie d'aller au travail chaque matin ?

Je crois que le père de Jordi (un Pelé qui avait des cheveux ; bizarre, très bizarre) n'avait pas trouvé le bon endroit ; il existe forcément des moyens plus simples de se soulager. À l'hôpital, on criait parfois en s'enregistrant. C'était l'idée d'un interne qui venait nous voir tous les samedis. Il était jeune et avait envie de changer le monde. Maintenant, il est chef de service et s'est fabriqué une cuirasse qui lui a fait tout oublier, comme la majorité des médecins. Mais je suis là pour le lui rappeler. C'est bien qu'on nous rappelle qu'on était capable de bonnes actions.

L'interne apportait un magnétophone et on déversait notre colère l'un après l'autre. On disait tout ce qui nous rendait furieux. Il y avait parfois beaucoup de choses qui nous faisaient sortir de nos gonds. Par exemple, quand on pense avoir le droit de sortir pour le week-end et que ce n'est pas le cas. On criait, on expulsait tout ce qui nous oppressait et nous portait sur les nerfs. Il y en avait aussi qui ne disaient rien, ils observaient.

Ensuite, l'interne nous faisait écouter l'enregistrement. C'était toujours un moment fascinant ; quand on s'entend crier et être en colère, on se rend compte qu'on ressemble aux fous, aux paranoïaques. Soudain, tout ce qui nous paraissait sensé, tout ce qu'on aurait pu défendre une seconde auparavant nous semblait sans fondement. C'était comme si notre colère se dissipait avec l'écho de notre rage.

L'écho de la rage a ce pouvoir ; celui de minimiser la colère, de nous montrer que c'est absurde de crier et de sortir de ses gonds.

Qui est mieux placé que nous-mêmes pour supporter nos cris ? Il faut essayer, on se sent mieux et peu à peu on arrête de crier, de se fâcher et d'évacuer sa colère sur quelqu'un d'autre. On voit surtout à quel point c'est absurde de se mettre dans cet état.

Quinzième découverte :
« Se donner du plaisir de façon positive »

Nous ne sommes vraiment nous-mêmes qu'après nous être masturbés.

Physiothérapeute qui n'a pas réussi
à me donner de bons quadriceps,
mais qui était particulièrement drôle.

Je suis un grand défenseur du plaisir solitaire. Il y a quelques années, j'ai écrit une pièce de théâtre intitulée « Le Club du Plaisir solitaire ». Ma passion pour ce sujet vient de la mauvaise presse qu'il a. On parle toujours de cela en rigolant, comme si c'était une blague, une question secondaire.

La masturbation m'intrigue beaucoup, surtout ce qui se cache derrière. Il s'agit quelquefois de passion secrète, d'amour démesuré, d'autres fois de sexe, de honte ou de désirs cachés. La masturbation donne plus d'informations sur une personne que tous les renseignements qu'on pourrait réunir.

« Nous ne sommes vraiment nous-mêmes qu'après nous être masturbés. » C'est un physiothérapeute qui me l'a dit. Il m'a expliqué qu'après nous être masturbés, il ne reste que nous-mêmes. Deux ou trois minutes après apparaît l'essence de notre être.

Il disait aussi : « Se masturber, c'est comme se suicider de l'extérieur, se tuer du dehors. » C'était un très grand type, de presque deux mètres dix, qui parlait de la masturbation comme d'autres parlent de football ou de cinéma. Il parlait avec une telle passion qu'il était impossible de ne pas l'écouter. J'adore découvrir de la passion chez quelqu'un.

Il a sans doute contribué à ce que je m'intéresse à ce sujet et cet intérêt n'a jamais diminué. Je crois qu'on se masturbe quand on se sent bien mais aussi quand on a des problèmes. C'est une constante de la vie. C'est une façon de canaliser son énergie.

Ce physiothérapeute était un adepte de la « masturbation positive » : c'est quand on se masturbe en pensant à une personne et que cela lui porte chance. En effet, après avoir dédié à quelqu'un un moment de plaisir solitaire, il se trouve que la chance sourit à la personne en question.

J'ai toujours trouvé que cette façon de voir la masturbation était poétique. J'ai dédié tant de masturbations positives dans ma vie ! On se sent puissant, doué d'un don.

Ce n'est pas dangereux. Il faut juste s'obliger à penser à une seule personne puis laisser la magie opérer.

Seizième découverte :
« Le plus difficile n'est pas de s'accepter soi-même, mais d'accepter les autres »

Certains vomissent et d'autres non.

Grande vérité prononcée par une infirmière.
Moi, je vomissais ce jour-là.

En réalité, cette découverte est double.

1. Accepter qui on est. Ce n'est pas aisé, je le sais. Saint Augustin disait : « Connais-toi toi-même, accepte-toi, dépasse-toi. » Je pense qu'il était très optimiste en croyant qu'on pouvait faire les trois à la fois. Moi, je me suis toujours contenté d'essayer de me connaître. Ce n'est pas facile de savoir quels sont nos goûts, quelles sont les choses qui nous plaisent et celles qui ne nous plaisent pas.

Mais c'est possible ; il faut prendre son temps, chercher encore et encore. Au bout du compte, on commence à pouvoir faire un portrait-robot de nous-mêmes.

2. Une fois qu'on se connaît et qu'on arrive à s'aimer, ça se complique. C'est le second volet de cette découverte : connaître les autres et les accepter tels qu'ils sont.

Je sais que ça peut ressembler à un commandement religieux, mais en fait il s'agit juste d'avoir la même patience avec les autres qu'avec soi-même, pour arriver à accepter ce qu'ils sont, mais aussi ce qu'ils ne sont pas. Voilà le défi.

3. Lorsque nous arrivons à nous connaître, nous avons parfois l'impression d'avoir atteint notre objectif. Mais nous en sommes très loin. Chaque jour, nous allons rencontrer de nouvelles personnes et nous devrons consacrer toute notre énergie à les comprendre.

C'est une infirmière qui est à l'origine de cette découverte si complexe. Il y avait un garçon qui avait réussi à ne pas vomir malgré la chimiothérapie, et depuis ce jour-là, il ne supportait plus de voir les autres vomir à côté de lui. Il n'essayait pas de les comprendre et de les connaître ; il avait atteint son objectif et c'était comme si le reste de l'humanité devait suivre son exemple. L'infirmière nous a dit que certains vomissaient et d'autres non. C'est cela qui m'a inspiré.

Elle a demandé à celui qui ne vomissait pas de nous expliquer ses astuces ; l'une d'entre elles était de boire du Coca-Cola, un excellent antivomitif selon lui.

J'ai été très impressionné en le voyant donner des conseils. Quelquefois, le plus important n'est pas de suivre le chemin qu'on s'est tracé mais de revenir en arrière, de prendre un chemin différent et de se rendre compte qu'il y a une autre façon d'arriver au but. Ne pas juger, ne pas être radical. N'importe quel chemin peut être le bon, il suffit d'avoir conscience qu'il est le résultat d'une certaine décision.

Dix-septième découverte :
« Le pouvoir des contrastes »

On ne va pas mourir du cancer, on va mourir d'ennui.

Un de nos cantiques favoris.

Au quatrième étage, nous rêvions tous de choses que nous n'avions pas.

Plus tard, j'ai donné des conférences dans les hôpitaux, et beaucoup de malades disaient eux aussi qu'ils manquaient surtout de distraction.

On avait une maxime : « On ne va pas mourir du cancer, on va mourir d'ennui. » Tout le monde pense qu'à l'hôpital, la vie doit s'arrêter, qu'il est interdit de s'amuser. En réalité, c'est tout le contraire. Notre vie normale s'arrête, on a donc d'autant plus besoin d'activités pour résister à cette inactivité.

Je me rappelle que les gens disaient que *Chroniques martiennes* était une émission débile. Ceux qui la critiquaient n'avaient certainement jamais mis les pieds dans un hôpital à l'heure de sa diffusion. Des milliers de malades riaient et s'amusaient comme des fous en regardant ce programme qui leur donnait de la vie, de la force. Ils étaient ainsi partie prenante d'un monde dont on les avait écartés momentanément.

J'ai toujours pensé que ceux qui concevaient les hôpitaux manquaient d'imagination. Au début, il n'y avait pas une seule distraction proposée dans les salles de chimiothérapie. Ensuite, ils ont installé un petit téléviseur qui trônait dans la salle, mais il fallait avoir des yeux de lynx pour pouvoir le regarder.

Mais où sont les jeux d'échecs, les jeux de société, de cartes, les télévisions plasma de 50 pouces, les jeux vidéo, le wi-fi pour se connecter à internet ? Oui, ce n'est pas une blague, on devrait trouver tout cela dans les hôpitaux. Connecter les gens au monde est plus que nécessaire pour leur permettre de lutter dans de bonnes conditions.

Parfois, on ne se rend pas compte du potentiel vital des malades. J'ai toujours pensé que les malades devraient donner eux-mêmes des conférences. Ils ont des expériences impressionnantes à raconter. C'est sûr que si la conférence se passait à l'extérieur, on voudrait aller la voir, mais c'est encore plus excitant que celui qui la donne soit à côté de nous, que ce soit notre voisin de chambre en pyjama bleu.

Quand on est malade, notre seconde vie commence. Une vie qu'on ne peut pas cesser de vivre, parce que même si l'on est très malade, on reste vivant. J'ai eu ma vie à l'extérieur et ma vie à l'intérieur. Maintenant, je vis de nouveau à l'extérieur, mais peut-être que ma vie à l'intérieur reviendra un jour. Les deux vies ont des points communs mais aussi des différences. Le principal, c'est de continuer à vivre. L'enfance, l'adolescence et l'âge adulte doivent être vécus même si l'on est malade.

Mais il faut une piste pour pouvoir courir, une scène de théâtre sur laquelle monter. L'univers des hôpitaux est souvent trop homogène alors que la magie opère quand on réunit les contraires. En amour, c'est bien connu, on est souvent attiré par notre contraire.

Il devrait y avoir plus de contrastes dans la vie ; en voici certains qui deviendront peut-être réalité, enfin je l'espère… C'est une liste en vrac, établie après ces années passées à l'hôpital et en dehors.

1. Une piscine olympique dans un hôpital. La natation conviendrait si bien à tant de malades ! Pouvoir plonger et se sentir comme un poisson dans l'eau.

2. Un bowling dans un aéroport. C'est tellement important de se détendre en lançant la boule sur la piste ! Sport et aéroport : n'importe quel sport serait le bienvenu dans un aéroport.

Maintenant, on commence déjà à voir des gymnases. Idéal pour se défouler !

3. Un salon de coiffure dans un cinéma. Une bonne coupe avant de voir un film. Je vais me faire couper les cheveux au cinéma. Ce serait génial que quelqu'un soit là pour nous proposer un nouveau style, une coupe de la barbe ou juste un massage ou une épilation : « Quel film allez-vous voir ? Je vous recommande telle ou telle coiffure. »

4. Des livres dans les bois. De petites bibliothèques au milieu des bois. Puisque les livres viennent de là, laissons-y quelques exemplaires. Installons des armoires et déposons-les là. Ce serait bien de gravir une montagne et de tomber sur les livres qu'on aurait envie de lire.

5. Des bars dans les banques. De petits comptoirs où l'on pourrait attendre pendant qu'on nous fait un crédit ou qu'on retire une partie de notre salaire. Pourquoi une banque doit-elle être si sérieuse, pourquoi n'y aurait-il pas un bar pour faire connaissance avec les autres clients, discuter de leur taux d'intérêt, de ce qu'ils attendent de leur vie et de leurs actions ? C'est sûr que beaucoup de gens s'en iraient le matin de bonne humeur en disant : « Je vais à la banque, je reviens dans dix minutes. » Un bon café, une bonne collation avant de décider quoi faire de ses économies. D'un côté, on commande une petite assiette de calamars et de l'autre deux cent mille euros, on verra bien ce qu'on va recevoir en premier.

Dix-huitième découverte : « Hiberner vingt minutes »

Ne bouge pas. Respire, arrête de respirer.

Un des meilleurs hits qu'on entend dans n'importe quelle salle de radiographie.

À l'hôpital, il y a des phrases qu'on entend à longueur de journée ; elles finissent par faire partie de nous, comme si elles étaient à la mode. C'est comme quand une expression devient célèbre dans une émission de télévision et que les gens ne peuvent pas s'empêcher de la répéter sans cesse. Dans le milieu hospitalier, c'est pareil.

Par exemple : « Ne bouge pas. Respire, arrête de respirer » est ce qu'on entend le plus quand on passe un scanner ou une radiographie. Il ne faut surtout pas bouger et rester tranquille pour que tout soit en place. Le moment d'immobilité peut varier entre quinze minutes et une heure quinze. Il faut donc s'armer de beaucoup de patience pour apprécier ces instants ; il faut les prendre comme des moments de paix intérieure.

Pour être heureux avec le cancer, il faut sans aucun doute savoir apprécier les temps morts, car ils sont nombreux quand on a cette maladie. C'est le plus dur : ne rien faire, rester tranquille même si au fond on a envie de partir, de voler, de jouer ou de travailler.

C'est ce qu'on doit contrôler et c'est le plus difficile à accepter. Être dans une pièce tout seul, car personne ne veut être irradié. Et moi ? Je veux être irradié peut-être ? Je me le disais toujours au moment où tout le monde sortait de la pièce.

Mais il ne s'agit pas seulement de rester immobile, il faut aussi être silencieux.

Et comme si ce n'était pas suffisant, il faut aussi contrôler sa respiration. Beaucoup de silence, de calme et une respiration maîtrisée.

Sans le savoir, chaque fois que je passais une radiographie, j'entrais en contact avec mon moi intérieur. C'était comme un acte de recueillement, une introspection ; un étrange yoga qui me faisait du bien. Quand je sortais de la radiographie, je me sentais mieux.

C'est pourquoi j'ai continué à utiliser cette méthode après ma guérison. Chaque mois, j'essaie de consacrer une journée à me faire passer une radiographie. Je n'ai pas de rayons X à la maison, mais je n'en ai pas besoin pour m'étudier de l'intérieur.

1. Je m'allonge sur le lit. Je ferme les portes, j'éteins les téléphones portables et je reste tout à fait immobile.

2. Dans ma tête, je me répète la phrase numéro un du hit-parade : « Ne bouge pas. Respire, arrête de respirer. »

3. Je reste ainsi pendant vingt minutes. Je m'interdis toute activité en dehors de penser à ne pas bouger et à rationner l'air que je respire.

4. Puis comme par magie, on arrive à résoudre des problèmes anciens, à retrouver des sentiments qui semblaient perdus et à croire qu'on a la solution à tout (il faudra bien sûr le vérifier ensuite).

Cela peut ressembler à de la méditation mais en fait il s'agit juste de rester immobile. Le monde irait mieux si nous nous tenions tous tranquilles un moment. Des hibernations de vingt minutes.

Dix-neuvième découverte :
« Chercher des voisins de chambre à l'extérieur »

Tu es mon frère, mon petit frère d'hôpital.

Mon frère d'hôpital.
Antoine le Grand. Auteur-compositeur.

J'ai eu la chance d'avoir de grands voisins de chambre. Dans les chapitres précédents, j'ai déjà parlé de certains d'entre eux. Ce sont des frères pour quelques heures, quelques jours ou quelques mois. Ce sont des êtres Soleil en puissance.

J'aime bien arriver dans une chambre d'hôpital, rencontrer cet inconnu (en pyjama et entouré de sa famille proche) et savoir que dans peu de jours nous serons des intimes.

Chaque fois qu'un nouveau entre à l'hôpital, on lui laisse le lit près de la fenêtre. C'est comme un pacte non écrit, on sait qu'il aura besoin de regarder le monde qu'il a momentanément laissé derrière lui. Le premier jour, on l'autorise aussi à ne pas mettre le pyjama. On lui laisse vingt-quatre heures pour s'acclimater.

C'est très dur de retirer ses habits et de se mettre au lit à midi alors qu'on se sent bien. En général, après avoir enfilé le pyjama, il faut encore vingt-quatre heures pour accepter de se glisser dans le lit.

C'est pendant ces quarante-huit heures que notre voisin de chambre commence à nous aider. Parfois avec des mots ou juste avec des gestes. D'autres fois, en nous expliquant ce qu'il a, ce qui lui est arrivé et comment il va maintenant. L'expérience est la base de la communication ; se reconnaître dans quelqu'un comme si l'on se regardait dans un miroir permet de gagner la moitié de la bataille.

Mon meilleur voisin de chambre s'appelait Antonio et venait de Mataró. Il avait un énorme trou sous la plante du pied, on aurait pu y glisser une balle de ping-pong. Mais il débordait d'énergie, un vrai paquet de nerfs. Je n'ai jamais rencontré quelqu'un d'aussi fougueux que lui.

Il avait dix-neuf ans et moi, j'en avais quatorze. Il me faisait bien rigoler. Grâce à lui, j'ai pu rester presque quatre jours sans mettre mon pyjama car il expliquait aux médecins et aux infirmières qu'il aimait bien me voir habillé, que c'était comme s'il avait de la visite.

Il avait un petit piano sur lequel il jouait, et il m'a aidé peu à peu grâce à la musique. Il jouait et moi, je chantais. Nous avons composé ensemble de grandes chansons et voici celle qui a eu le plus de succès : « Accorde-moi un week-end », suivie en deuxième position par « Offre-toi le soleil ».

C'était un garçon sensationnel qui, sans le savoir, s'éteignait de jour en jour. De moins en moins de médecins venaient le voir et il avait de plus en plus de visites de l'extérieur. C'est le signe le plus évident de l'approche de la mort : quand les amis se mettent à défiler et que les médecins espacent leurs visites car ils n'ont plus grand-chose à dire.

Il me parlait d'amour et de femmes. C'était son sujet favori : comment trouver la femme parfaite, l'amour de sa vie. Deux jours avant de mourir, il la cherchait encore, il continuait à philosopher sur cette question. Je crois que c'était l'amour qui le rendait si spécial ; ça se lisait sur son visage.

Il est mort. Je ne l'ai pas vu mourir. Nous ne les voyions jamais mourir ; presque toujours, on les emmenait mourir chez eux. Nous savions que lorsqu'ils partaient, c'était la fin, mais au moins nous nous disions adieu en vie ; c'était beau.

Il m'a laissé son piano et m'a dit qu'un jour il vaudrait des millions. Je l'ai toujours, je l'utilise encore. C'est sûr, il m'a transmis une partie de sa force. Je n'ai pas partagé sa vie avec les autres, je leur ai demandé de la garder pour moi tout seul ; ils ont accepté. Il est tout entier en moi et 90 % de la passion qui m'anime vient de lui, c'est certain.

J'ai eu vingt voisins de chambre : dix-neuf ont été géniaux, un seul a été horrible (il ronflait, ne parlait pas et était un casse-pieds qui ne cessait de répéter : « Je suis un être humain »). Les dix-neuf autres m'ont tous marqué. D'un point de vue statistique, c'est très positif.

Aujourd'hui, je suis toujours à la recherche de voisins de chambre, mais dans la vie réelle, cette fois. Il suffit juste de savoir qu'on ne va pas les trouver dans un hôpital, mais en dehors : dans un ascenseur, au travail, dans un magasin.

Les êtres Soleil (nous parlerons d'eux en détail le moment venu) sont la base de ce monde.

Il faut essayer de les trouver.

1. Repérer un inconnu. Quelqu'un qui attire particulièrement notre attention.

2. Aller lui parler. Juste lui parler. Lui dire ce qu'il nous inspire. Chercher la manière de pénétrer dans son monde, doucement, très doucement.

3. Lui accorder quarante-huit heures. Les gens ont toujours besoin de quarante-huit heures pour baisser la garde, faire confiance, enfiler le pyjama et accepter quelqu'un.

4. Profiter des moments passés avec lui (ou elle).

Mais ce n'est qu'un début. Si on trouve des voisins de chambre à l'extérieur de l'hôpital, on peut aussi trouver le reste : des brancardiers, des médecins, des infirmières et des êtres Soleil.

Il ne s'agit pas de connaître des médecins en dehors de l'hôpital et de devenir leur ami, mais de savoir qu'il existe des personnes qui peuvent agir sur nous comme un médecin agit sur notre corps et notre maladie.

1. Pour moi, trouver des médecins, c'est trouver des gens capables de soigner et d'écouter. Ils sont indispensables et font partie du réseau des amis ou des êtres Soleil. Mais il faut être conscient de leur différence, car ce sont ces amis Soleil docteurs qu'il faut aller voir quand on ne se sent pas bien.

2. Les infirmières (ou les infirmiers) sont et seront des gens qui peuvent nous accompagner partout, nous donner de la force en silence ou rester avec nous malgré les milliers de problèmes qu'on peut avoir. Il s'agit de ce genre de personnes qu'on finit par remercier pour une chose qu'elles ont faite des milliards de fois ; par exemple, parce qu'elles nous accompagnent dans un endroit ennuyeux, alors qu'il fait un temps splendide et qu'elles pourraient aller à la plage.

3. Les brancardiers sont des connaissances ponctuelles qu'on rencontre par hasard. Des gens altruistes qui nous donnent un coup de main, au bord d'une route quand on a un problème de voiture, ou en nous prêtant de l'argent si l'on a été victime d'un vol. La plupart des gens les

appellent des âmes charitables. Pour moi, ce sont des brancardiers.

Nous parlerons bientôt en détail des êtres Soleil. Patience, patience. Pour le moment, plantons juste le décor, recréons l'hôpital à l'extérieur.

Vingtième découverte :
« Veux-tu prendre un REM[1] avec moi ? »

> La nuit nous donne la force de changer le cours de notre existence. Il faut juste en avoir conscience, mais aussi que le petit jour n'arrive pas trop tôt.
>
> *Cristian, le frère de quelqu'un que j'ai oublié.*

La nuit est le moment Soleil le plus important de la journée. J'adore la nuit ; grâce à elle, tout devient réalité.

Les nuits passées à l'hôpital étaient extraordinaires. Tout était silencieux. Pendant des années, nous les Pelés, nous nous échappions la nuit, nous prenions nos fauteuils roulants et nous partions à l'aventure à travers les six immenses étages de l'hôpital.

Nous n'avions pas de motos, nous ne pouvions pas sortir en boîte de nuit, mais nous avions nos fauteuils roulants et de nombreux endroits à

---

1. Nom d'un futur médicament pour arrêter de dormir.

explorer pour nous amuser. Chaque jour, l'un d'entre nous choisissait le lieu où nous irions. Moi, j'adorais rendre visite aux « autres » Pelés : les nouveau-nés. C'était une sensation bizarre : quand on allait les voir, on les cajolait, on les faisait rire et ils nous regardaient en gazouillant.

Ils avaient toute la vie devant eux ; la nôtre était sur le point de s'achever.

J'ai toujours cru au pouvoir de la nuit ; je suis sûr que c'est le moment où nos rêves deviennent réalité. À l'hôpital, j'ai passé tant de nuits à me croire capable de vaincre mes peurs et de changer le cours de ma vie… Mais cette force doit pouvoir franchir le dernier écueil : demeurer intacte malgré le sommeil et l'arrivée de l'aube. C'est ce qu'arrivent à faire les gens qui réussissent dans la vie, ceux dont les rêves deviennent réalité ; ils sont plus forts que le petit matin. C'est ce que disait toujours Cristian, le frère de quelqu'un que j'ai oublié. Les visiteurs nous marquent parfois plus que ceux qu'ils viennent voir.

J'ai toujours fait en sorte que mes meilleures idées naissent tard dans la nuit, à trois ou quatre heures du matin. C'est le meilleur moment pour faire des projets. C'est comme si juste avant de nous endormir, tout notre moi était en accord avec nous-mêmes, nous encourageait et nous donnait des forces.

Le sommeil nous adoucit. Combien d'idées ne nous paraissent plus aussi bonnes le lendemain, combien de fois nos décisions tombent soudain à plat… Je crois que le sommeil atténue notre part animale et nous rend plus humains. Mais je ne sais pas si c'est vraiment une bonne chose.

Pendant mon séjour à l'hôpital, j'ai pris de grandes décisions pendant ces heures d'insomnie, avant de retomber dans le sommeil. J'adorais me réveiller à cette heure-là (quand tout l'hôpital dormait, même les infirmières), c'était comme si l'ensemble du bâtiment était à moi. Je planifiais ma vie, je me créais des rêves et j'aspirais à de grandes choses.

Depuis que je suis sorti de l'hôpital, j'ai gardé cette habitude et je profite du petit matin. En plus, je sais qu'un jour, le REM sera réalité. Je suis sûr que le moment où l'on prendra ce médicament sera celui d'un nouveau repas.

Le REM aura plus d'importance encore que le déjeuner et le dîner. On pourra partager ce repas particulier avec des gens spéciaux qui, comme nous, croient en ce moment de la nuit. J'espère être prêt lorsque ce jour viendra.

Vingt et unième découverte :
« Le pouvoir de la première fois »

Les « fragments originels » sont notre plus grand trésor. Ils sont ce que nous sommes.

Un enseignant qui nous donnait des cours de maths.
Il nous parlait surtout des fragments originels
car il pensait qu'on allait oublier les mathématiques.
Les fragments, eux, demeurent.

Il commençait toujours par cette phrase : « Il n'y a rien de tel qu'un bon fragment. C'est une tranche de vie que nous avons tous vécue. »

Je crois beaucoup aux fragments originels (presque plus que l'enseignant lui-même ; parfois, l'élève peut dépasser le maître), parce que je les ai manqués pendant un certain temps. Ils ont surtout lieu au cours de l'enfance et de l'adolescence. Notre vie à tous est remplie de ces moments particuliers.

À l'hôpital, j'ai cessé de les vivre ; bon, pas tout à fait, je les ai remplacés par des fragments hospitaliers que je partage avec tous ceux qui ont vécu à l'hôpital.

Les « fragments originels » pourraient se définir comme les choses qu'un beau jour, on fait pour la première fois et qui nous marquent, car elles restent à jamais gravées en nous.

Voici un triple fragment en lien avec les transports :

1. Un jour, pour la première fois, on sort de l'école avec un ami. Avant, cela ne nous était jamais arrivé de rentrer à pied, en bavardant avec lui. On a tous vécu ce moment : marcher avec quelqu'un et nous séparer à un moment donné. C'est une façon de se sentir grand. C'est magique ; on vit cela vers sept ou huit ans.

2. Quelques années plus tard, vers seize ans, on vit un autre fragment en rentrant chez soi. On ne se déplace plus à pied ; on veut prendre un taxi pour la première fois. Avec un ami, on en cherche un, on n'en trouve pas et on maudit ceux qui ne s'arrêtent pas. Voici un autre acte qui indique qu'on mûrit, qu'on se sent grandir.

3. Puis un jour, à dix-neuf ans, on ramène un ami chez lui avec notre propre voiture (c'est parfois le même ami que dans les deux cas précédents). On se met ensuite à discuter avec lui jusqu'au petit matin. Un autre fragment vient de se produire.

J'adore chercher ces fragments de vie. Après les avoir découverts grâce à ce professeur, je me suis mis à les collectionner. À l'hôpital, ils me servaient à supporter le quotidien. Puisqu'ils ont lieu quand on est jeune, ils sont à la base de notre existence. Chaque année, je me remémore deux ou trois de ces moments et je me sens bien, je me sens heureux grâce à cette redécouverte.

Les gens oublient parfois qu'on est le fruit de ce qu'on a vécu dans notre enfance et notre adolescence ; on est le produit de nombreux fragments de vie. On referme quelquefois cette porte alors qu'on devrait toujours la laisser ouverte.

Pendant des années, ceux que j'ai vécus ont été assez bizarres : ma première amputation de la jambe, ma première perte d'un poumon… Mais c'était malgré tout des fragments originels.

Même une fois adultes, nous vivons beaucoup de ces moments-là, mais nous ne nous en rendons pas compte. Je pense que pour bien se connaître, il faut les chercher, les analyser et les accepter tels qu'ils sont.

Ma vie est composée de fragments et d'odeurs ; c'est ce qui fait de moi ce que je suis.

Vingt-deuxième découverte : « Astuce pour ne jamais s'énerver »

Cherche ton point de non-retour.

Radiologue aux petites oreilles et aux sourcils énormes ; il nous hypnotisait avec sa voix et ses histoires.

Je déteste m'énerver, crier sur quelqu'un et ne pas pouvoir me contrôler.

À l'hôpital, on râlait parfois contre notre sort, on se mettait en colère. Un médecin (un radiologue qui nous racontait des blagues lorsqu'il était de garde) nous a appris à nous maîtriser, à être capables de connaître nos limites.

Il nous a parlé du « point de non-retour ». Ce moment où l'on ne peut plus s'empêcher de se mettre en colère. Il est tangible, matériel ; on peut le sentir et le contrôler.

Notre ami radiologue nous faisait prendre une feuille de papier et écrire ce qu'on ressentait, pour arriver à reconnaître les différents degrés de notre colère. Que se passe-t-il quand on sent qu'on ne peut plus contrôler sa rage et sa fureur ?

C'était une liste de trois ou quatre points :

1. Je sens que cette personne est en train de m'énerver.
2. Ma colère commence à monter.
3. Je me mets à crier, la rage s'empare de moi. Je commence à perdre le contrôle.
4. J'atteins le point de non-retour.

S'il faut passer par quatre points avant d'atteindre ce moment, c'est qu'il existe la possibilité de s'arrêter juste avant de sortir de ses gonds et de se fâcher. Tu vas peut-être te rendre compte que juste avant d'atteindre ce point de non-retour, tu remues beaucoup les mains, ta voix tremble ou tu te mets à dire des gros mots. C'est ce que tu dois contrôler.

Comment ? Eh bien, au début, en demandant à ton conjoint, à un ami ou à un être Soleil de te dire un mot codé quand il observera chez toi un de ces symptômes. Il pourra te dire : « pistache » ou « États-Unis ». Peu importe, du moment que tu te rends compte que tu es en train d'atteindre cette limite. Au début, c'est difficile de la repérer car on est à bloc, on est beaucoup trop sous pression.

Mais quand on t'aura dit une fois ou deux le mot codé, tu vas peu à peu sentir le moment précis où il faut éteindre ta colère et redescendre d'un degré, pour être capable de te contrôler. Si tu n'atteins pas ce point de non-retour, tout peut encore s'arrêter.

C'est ce que je faisais à l'hôpital ; mon mot codé était « tumeur ». J'ai toujours aimé donner une valeur plus positive à ce mot. Petit à petit, j'ai arrêté de me mettre en colère ; ça marchait, c'était génial.

Quand on grandit, on change. Au fur et à mesure que le temps passe et qu'on a de l'expérience, on s'énerve de moins en moins. Mais il est toujours important de chercher notre point de non-retour ; chaque année, il faut le détecter, le trouver et le neutraliser.

Il est parfois bon de se mettre en colère, mais il ne faut jamais dépasser les bornes.

Vingt-troisième découverte :
« Grande astuce pour savoir si l'on aime vraiment quelqu'un »

Ferme les yeux.

Ignacio, un garçon très spécial.

C'est un des conseils qui m'a le plus fasciné. À l'hôpital, on trouvait les gens spéciaux au troisième étage ; les mal nommés « handicapés mentaux » (j'ai toujours pensé que ces deux mots devraient disparaître du dictionnaire).

Quand on leur parle, on se sent nous-mêmes très spéciaux. Ce sont des personnes d'une grande innocence qui rendent tout simple et facile.

J'adorais voir comment ils arrivaient à résoudre leurs problèmes et à savoir s'ils aimaient vraiment quelqu'un. Pour moi, le grand problème de notre société, c'est qu'on ne sait pas si l'on aime ou non la personne qui partage notre vie. On se prend la tête, on n'arrête pas de se poser des questions. Je l'aime ou pas ? Est-ce que c'est l'homme ou la femme de ma vie ? Et si quelqu'un d'autre me plaît davantage, que dois-je faire ?

Chaque fois qu'on a un doute, il faut faire ce que m'ont appris les gens spéciaux. Ce n'est pas un truc spectaculaire, mais ça marche super-bien…

Quand on avait un problème, on allait souvent les voir. Lorsqu'il faut prendre une décision, un tas d'éléments annexes viennent toujours nous perturber. C'était comme s'ils savaient les détecter pour nous aider à filtrer les choses importantes.

Ils nous donnaient des conseils et nous disaient : FERME LES YEUX. Le fait de fermer les yeux était presque magique pour eux. On le faisait et cela nous permettait d'évacuer tous les détails sans importance. On arrivait ainsi à éliminer ce qui nous brouillait les idées.

À l'hôpital, on se servait beaucoup de cette méthode. Maintenant, je l'utilise plus que jamais, car j'ai découvert tant de choses, j'ai pris tant de décisions les yeux fermés ! Le plus incroyable, c'est qu'on y voit beaucoup plus clair.

Vingt-trois découvertes qui font le lien entre deux âges de ma vie : de quatorze à vingt-quatre ans

Voilà les 23 découvertes, j'espère qu'elles vont t'aider à en faire d'autres… J'aimerais qu'elles te servent de base pour construire ton monde Soleil, ce monde si différent.

Moi, je les ai mises en pratique au moment de ma guérison, pour faire le lien entre deux époques de ma vie. Toi aussi, tu peux t'en servir pour relier deux moments, deux sensations ou juste pour vivre l'instant présent.

J'ai découvert tout cela à l'âge de vingt-quatre ans. Comme je l'ai dit au début du livre, j'étais complètement guéri et je n'arrivais pas à y croire ; j'étais désorienté, je ne savais plus qui j'étais ni qui j'avais été.

J'ai donc décidé de me replonger dans mon enfance, de retrouver le garçon de quatorze ans que j'étais avant ma maladie, pour commencer à faire le lien entre mes quatorze et mes vingt-quatre ans.

Il s'est passé alors quelque chose de magique. Je replongeais dans mes souvenirs, dans ce que j'aimais ou ce que je désirais, et c'était comme si tout se retrouvait transposé chez le jeune homme de vingt-quatre ans. J'ai passé une année merveilleuse, la plus incroyable de ma vie, à dialoguer avec deux personnes qui cohabitaient dans le même corps. Je me suis écouté, je me suis compris et respecté. J'ai appris les leçons du cancer et je les ai appliquées à la vie. Un des deux garçons, celui de vingt-quatre ans, avait les armes contre le cancer alors que celui de quatorze ans était innocent : il vivait dans l'ignorance de la maladie. Il fallait utiliser la synergie de ces deux forces.

Le garçon de quatorze ans aurait sans doute voulu être différent alors que celui de vingt-quatre ans voulait juste se faire accepter, se faire aimer.

J'étais content quand ils se mettaient d'accord, quand je voyais que peu de chose les séparait. En fait, leurs désirs étaient peut-être les mêmes mais ils les exprimaient de manière différente.

J'adorais aussi les moments où ils s'opposaient l'un à l'autre ; cela me faisait grandir de me rendre compte qu'ils n'avaient plus les mêmes buts. C'était beau à voir. Dans la vie, le débat est toujours nécessaire.

À la fin de cette année-là, j'ai fait un pacte avec le garçon de quatorze ans : quand il donnerait son avis, j'écouterais son opinion. Puisque ce garçon n'avait pas pu être ce qu'il désirait, il allait rester pour toujours à mes côtés. Il ne m'a jamais quitté ;

les années passent, je mûris, mais le garçon de quatorze ans est encore là pour me conseiller.

Sans le savoir, beaucoup de gens oublient ce qu'ils étaient à quatorze ans alors qu'il faut revenir en arrière, se replonger dans cette époque pour créer des liens. C'est comme nager au fond d'une piscine, traverser un petit tunnel avant de refaire surface dans une autre piscine plus petite ; c'est là que se trouvent nos quatorze ans. Il faut discuter, échanger et ramener tout ce qu'on peut dans le grand bassin.

Les adolescents qu'on était enrichissent notre personnalité. En fin de compte, c'est une période difficile où l'on prend les décisions les plus importantes de notre vie, celles qui vont modeler notre caractère. Le problème, c'est que parfois on l'oublie ou bien on pense qu'on faisait fausse route ; on se reconstruit alors de manière différente.

Je crois qu'il est bon de retrouver celui qu'on était à quatorze ans, de revenir au fondement de notre existence. C'est la base de ce qu'on est, de celui qu'on voulait être. Maintenant que j'y pense, j'aurais pu en faire la vingt-quatrième découverte. Mais je préfère en rester là.

Il faut faire confiance aux 23 découvertes pour arriver à s'en servir au quotidien. Et maintenant, laissons la place aux êtres Soleil. Le moment est venu…

POUR VIVRE...

Les êtres Soleil

Est-ce que cela vous paraît normal qu'un ingénieur écrive des vers ?
La culture doit rester à sa place, et le travail, c'est le travail.
Si tu continues à voir cette fille, tu ne remettras plus les pieds à la maison.
Pour vivre.

Gabriel CELAYA

Les êtres Soleil

C'est le chapitre que j'avais le plus envie d'écrire et qui m'a procuré le plus d'émotion ; je vais parler des êtres Soleil.

Il est 1 h 41 du matin, un jeudi du mois d'août (quand je réécris ce passage, il est 11 h 8, c'est une matinée d'un mardi d'octobre). J'ai toujours pensé que c'était important de situer le moment et le jour de l'écriture pour donner plus de réalité au texte. C'est une dimension qu'on n'a jamais quand on lit un livre. Quand a-t-il été écrit ? À quel endroit se trouvait l'auteur ? Est-ce qu'il faisait chaud ?

Il y a quelques mois, j'ai eu la chance d'interviewer Bruce Broughton, le célèbre compositeur de musiques de films comme celles du *Secret de la pyramide (The Young Sherlock Holmes)* et *Silverado*. Nous avons discuté des différentes variables qui entrent dans la création : notre conjoint, le lieu, la température ? Il pensait que la créativité venait surtout de notre façon de recevoir et de transformer ce que nous voyons. Notre propre vitesse de transformation. J'ai eu beaucoup de chance de pouvoir parler de cela avec quelqu'un de si créatif ; il m'a dit que pour trouver l'inspiration, il avait besoin d'être seul, concentré et bien au chaud.

Mais ne nous éloignons pas de notre sujet principal : les êtres Soleil. En plus de constituer un chapitre de ce livre, ils lui donnent aussi son titre et toute la chaleur de leur couleur jaune. C'est sans doute le plus grand trésor que j'ai découvert grâce au cancer. Dans la vie, il y a toujours quelqu'un ou quelque chose qui fait vraiment la différence ; un Induráin, un Borg. Il devait donc y avoir une grande leçon plus importante que toutes les autres.

Ce chapitre va être assez long mais je vais essayer de ne pas tourner autour du pot. Surtout parce que s'il y a quelque chose à retenir dans ce livre, c'est bien le concept d'être Soleil.

J'espère que dans quelques mois, les gens vont rechercher leurs êtres Soleil et s'approprier ce terme ; c'est mon souhait le plus cher. Il y a des mots qui deviennent populaires, parfois à cause de mauvaises choses (tsunami), de bonnes choses (internet) ou juste par effet de mode. Ce n'est pas que je veuille en imposer un nouveau, mais je crois qu'il faut pouvoir définir ce concept. Les idées ont besoin de mots, exactement comme les personnes ont besoin de noms. Il y avait un monsieur à l'hôpital qui me disait toujours : « On nous donne un nom puis on nous jette dans le grand bain de la vie ; qui pourrait vivre sans nom ? » Je le regardais et je me mettais à sourire ; je ne comprenais pas ce qu'il voulait dire. Cela m'arrivait souvent à l'hôpital : j'avais quinze ou seize ans et les autres patients frisaient les soixante ou les soixante-dix ans. Ils me donnaient des conseils d'adultes, me considéraient en tant que tel. Je notais tout ce que je ne comprenais pas car je pressentais que j'en aurais besoin plus tard.

J'adore quand notre esprit décide d'assimiler un concept, une langue, un sentiment. Le cerveau humain possède une combinaison à retardateur pour s'ouvrir ; il faut enfoncer plusieurs touches en essayant des codes différents pour qu'il s'ouvre et laisse entrer ce qu'il rejetait au début. Il suffit de trouver la bonne combinaison. J'espère avoir celle qui me permettra d'expliquer ce que sont les êtres Soleil.

À l'hôpital, j'en ai rencontré beaucoup, mais à cette époque, je l'ignorais encore. Je pensais qu'il s'agissait d'amis, d'âmes sœurs, d'anges gardiens. Je n'arrivais pas à comprendre pourquoi un inconnu qui m'était étranger deux minutes auparavant entrait soudain dans ma vie, me comprenait et m'aidait de façon si profonde que je me sentais aimé et reconnu. Sans le vouloir, je viens peut-être de donner une première définition des êtres Soleil.

En général, cela se produisait avec mes voisins de chambre. Ils devenaient tout de suite des êtres Soleil. Je ne sais pas combien de temps j'ai passé à bavarder avec eux… Ils étaient comme des frères de remplacement. Oui, c'est vrai, je les appelais ainsi : des frères d'hôpital pour une période limitée. Notre relation avait la même intensité que celle qui existe au sein d'une fratrie et notre amitié était très profonde.

Mais plus les années passaient, plus je me rendais compte que les mots « frère », « ami », « bien plus qu'une connaissance » n'étaient pas suffisants.

Je me souviens d'un jour où je parlais de ça avec deux ou trois Pelés. L'un d'entre nous les définissait comme des anges ; un autre comme des amis. Un des Pelés et moi, nous nous sommes soudain exclamés ensemble : « Ce sont des êtres Soleil ! » Cela nous est venu au même moment. Je ne sais pas pourquoi nous avons utilisé ce terme, mais nous avons eu la sensation que c'était le mot adéquat. Je crois beaucoup au hasard et à la chance, mais le hasard est encore plus puissant que la chance. Je pense qu'il n'y a qu'un seul mot pour définir ce concept d'« être Soleil ».

Je n'ai jamais compris pourquoi la notion d'amitié avait si peu évolué. Je lis parfois des livres sur l'amitié au Moyen Âge, à la Renaissance ou au début du siècle ; un ami reste toujours un ami. Leur influence est presque la même à toutes les époques. En revanche, le couple et la famille ont beaucoup évolué. La relation amoureuse ou familiale au Moyen Âge ne ressemble en rien à celle qu'on vit de nos jours ; les rôles, les habitudes, tout a changé.

Je crois que c'est un des problèmes de notre société. La notion d'ami, le rôle de l'ami ne peuvent plus être les mêmes à l'époque technologique où nous vivons. Il est impossible aujourd'hui de garder contact avec ses amis de la même façon que dans les décennies précédentes. On perd tous des amis chaque année et on trouve des excuses très variées : « nous vivons dans des pays différents », « j'ai changé de travail », « je n'ai pas le temps de le voir », « on parlait juste de temps en temps sur *Messenger* » ou « nous étions juste amis au lycée ou à l'université ».

Perdre un ami est toujours lié au fait d'arrêter de le voir. Est-il possible d'être ami avec quelqu'un qu'on ne voit jamais, qu'on ne retrouve même pas pour aller boire un café ? En théorie, c'est impossible. Juste en théorie.

Par exemple, mes amis Pelés et moi, on se voyait seulement à l'hôpital ; c'était une règle d'or. On s'entraidait, on était aux petits soins l'un pour l'autre, mais après notre sortie de l'hôpital, on avait décidé de ne plus se revoir. Ce n'était pas qu'on avait oublié l'autre, au contraire, on le portait en nous, mais nous n'avions plus besoin de nous fréquenter : autre chose nous unissait.

J'ai mis assez longtemps à le comprendre, mais ce sont eux qui ont été les premiers êtres Soleil. Un beau jour, tout m'a paru clair. Les amis nous donnent de l'amitié, les personnes aimées, de la passion ou du sexe, et il y a une troisième catégorie : les ÊTRES SOLEIL.

C'est curieux, amour et amitié commencent par « am », comme « amarillos »[1]. Non, ce n'est pas

1. Jaunes, êtres Soleil.

un hasard, je suis sûr que la racine « am » signifie quelque chose en rapport avec le don. J'ai toujours pensé que le hasard laissait certains indices qui servent à attirer notre attention sur ce qui est important.

Est-ce que les êtres Soleil sont des substituts d'amis ? La réponse est non. Les amis traditionnels existent toujours, nous en avons tous. Mais il y a un nouvel échelon, un nouveau concept : les êtres Soleil.

Tout le monde en a, mais le problème, c'est qu'il n'y avait pas encore de mot pour les définir. Je suis sûr que les êtres Soleil existent depuis toujours, mais on les rangeait dans le même tiroir que les amis. Ou bien parfois, un être Soleil devenait un amour. L'être Soleil se trouve entre l'amour et l'amitié, c'est pourquoi on les confond souvent.

Avant de poursuivre, je vais donner une définition des êtres Soleil pour résumer tout cela.

ÊTRE SOLEIL. *Définition* : Se dit d'une personne qui est spéciale dans notre vie. On trouve des êtres Soleil parmi les amis et les amours. Il n'est pas nécessaire de les voir souvent ou de garder contact avec eux.

Comment faire la différence entre les êtres Soleil et les amis ? Peut-on savoir qui est un ami et qui est un être Soleil ? Eh bien, oui. C'est sûr qu'il faut un peu de pratique et bien se connaître soi-même. Les êtres Soleil sont des reflets de ce que nous sommes et de ce qui nous manque ; le fait de les connaître nous permet de nous améliorer, d'avoir une vie meilleure.

Je vais en dire plus sur eux. Imagine que tu es à l'aéroport, dans une ville que tu ne connais pas. Ton vol a un retard de deux ou trois heures. Tu es seul et tu te mets à parler avec quelqu'un (un homme ou une femme). Au début, c'est une conversation banale ou une simple prise de contact, mais peu à peu tu sens qu'il y a quelque chose de plus entre vous : je ne parle pas d'amour ou de sexe, juste du fait de sentir que tu as rencontré un inconnu à qui tu peux raconter des choses très intimes, en sachant que tu vas être compris et qu'il va te conseiller de façon différente et spéciale.

L'avion va décoller, vous vous séparez (dans le meilleur des cas, vous échangez votre numéro de téléphone ou votre adresse e-mail), puis vous cessez de vous voir. Vous allez peut-être vous écrire, vous envoyer un message, ou bien vous ne vous reverrez plus jamais.

D'un point de vue traditionnel, on ne pourrait jamais considérer cette personne comme un ami. L'amitié nécessite du temps, mais il est possible que cette personne t'ait apporté plus de choses qu'un ami de longue date, car vous avez partagé des confidences et un moment intense. Dans l'amitié, il est important de se voir de façon régulière. Pourtant, cet inconnu t'a marqué et t'a permis de te sentir mieux, même si tu ne le reverras certainement plus jamais.

En général, ce genre de situation peut nous rendre tristes, puisqu'on sait qu'on a rencontré quelqu'un et qu'on l'a perdu. Mais en fait, on a gagné un être Soleil. Un des 23 qu'on aura dans notre vie.

Je suis sûr que tu te demandes : un être Soleil est donc un inconnu qui me comprend ? Pas tout à fait. Il peut aussi être une connaissance, un ami qui un beau jour s'élève à ce rang d'être Soleil. Ce n'est donc pas forcément un inconnu ; c'est juste quelqu'un de spécial qui peut marquer une vie.

Le plus important, c'est qu'on n'a pas besoin de l'appeler ni de le voir souvent (une seule fois suffit). C'est pourquoi ces gens qu'on voit peu, qu'on ne considère plus comme nos amis par manque de temps, sont peut-être des êtres Soleil.

Ces personnes changent donc notre vie (un peu ou beaucoup), même si on ne les revoit pas par la suite. C'est comme s'il y avait une nouvelle distinction par rapport aux « meilleurs amis ».

Les êtres Soleil ne sont pas le fruit du hasard. Je veux dire par là que dans ce même aéroport, on pourrait reconnaître un être Soleil (il y a des méthodes pour cela), entamer une conversation avec lui pour voir s'il en est un ou pas et vérifier si notre radar fonctionne bien. On peut sentir les êtres Soleil, on peut percevoir qui en est un. On ne démarre pas par hasard une relation avec eux.

N'a-t-on jamais senti que quelqu'un attire notre attention pendant qu'on marche dans la rue ? Ce n'est pas une question d'ordre sexuel ou de beauté particulière, mais quelque chose chez cette personne nous incite à aller vers elle pour lui dire un mot. C'est un sentiment qui n'est ni de l'amour ni de l'attirance physique, et on croit qu'il ne peut pas s'agir d'amitié, car l'amitié nécessite du temps ou une activité, un travail ou un hobby commun. On ressent cela quand on a la chance de tomber sur un être Soleil de notre monde.

Ce que j'aimerais, c'est que dans quelques mois, après la sortie de ce livre, quelqu'un m'arrête dans la rue et me dise : « Veux-tu devenir mon être Soleil ? » Ce serait génial d'avoir un tel premier contact. Et puisqu'une des caractéristiques de l'être Soleil (même si elle n'est pas obligatoire) est d'être un inconnu, ce serait parfait.

Mais il ne faut pas que je me réjouisse trop vite. Il faut d'abord que j'explique comment rencontrer les êtres Soleil, comment les distinguer et entretenir une relation avec eux (bien sûr, ce sera une liste et non une norme).

Tout le monde sait comment on peut fréquenter ses amis, son conjoint ou son amant (même s'il existe mille combinaisons possibles). Je vais donc juste parler de la façon d'entrer en contact avec les êtres Soleil, en présentant la théorie et la liste ; chacun pourra y trouver sa propre façon de faire.

D'où vient cette liste ? À nouveau, de la période que j'ai passée à l'hôpital. Comme je l'ai déjà dit, on rencontrait là-bas de nombreux êtres Soleil parce qu'on vivait une situation si extrême et on passait tant d'heures ensemble que cela favorisait leur apparition.

Je crois que la liste est née de mes expériences, de ce que je faisais sans en avoir conscience. C'est fou le nombre de choses qu'on peut faire sans vraiment savoir pourquoi. Un de mes amis, Eder, a écrit un récit où il parlait des « trois secondes qu'on peut tenir en regardant le soleil ». Personne ne nous a dit qu'on ne pouvait pas le regarder plus longtemps, mais on sait que c'est vrai et on ne s'y risque pas. C'est curieux, le soleil est là-haut, il nous observe, nous offre sa chaleur et pourtant on ne peut pas soutenir son regard. C'est lui le plus grand être Soleil, c'est sûr. On le sent, on le perçoit, on sait qu'il est là mais on ne peut pas le regarder plus de trois secondes.

C'était un peu pareil à l'hôpital. Je me rappelle que lorsque je sortais après une longue hospitalisation, je disais adieu à mes camarades mais je n'étais pas triste. Je savais qu'ils restaient parce que c'était leur place à ce moment-là et moi, je rentrais chez moi. Parfois, c'était le contraire : ils s'en allaient et moi, je restais à l'hôpital. Je n'avais pas la sensation de les perdre ou de les abandonner. Je ne pensais qu'à une chose : ces Pelés s'étaient occupés de moi, m'avaient écouté, soutenu et m'avaient fait grandir. Et surtout, ils m'avaient serré contre leur cœur.

On arrive ainsi à une autre caractéristique des êtres Soleil, celle qui les différencie peut-être le plus des amis : sentir, toucher, caresser. Je n'ai jamais compris pourquoi les amis ne se touchent pas davantage, preuve du peu d'évolution qu'a connu l'amitié. On peut être l'ami de quelqu'un sans avoir jamais franchi la limite des dix centimètres de proximité physique, sans l'avoir tenu longtemps dans nos bras ni l'avoir jamais vu s'endormir ou se réveiller. Cela crée pourtant une vraie sensation d'intimité, comme si l'on voyait la personne renaître à la vie ; ça vaut bien mille ou plutôt cent mille conversations.

Pour nous, c'était quelque chose de quotidien de voir le réveil de l'autre, puisque nous étions à l'hôpital et que nous dormions dans la même chambre. Les autres Pelés voyaient comment je me réveillais et je les voyais se réveiller à mon tour. Personne ne devrait attendre de passer par une excursion, un voyage ou une maladie pour voir quelqu'un dormir et se réveiller. Il faut comprendre que les êtres Soleil ne sont pas seulement des amis ; dans l'amitié, on sent très peu l'autre, on le touche, on le caresse très peu.

Je crois que dans l'amitié, la parole est beaucoup trop valorisée par rapport à tout ce qui concerne le contact, la distance physique.

J'ai toujours pensé qu'il était injuste que la relation de couple occupe 95 % du contact physique. Personne ne mettrait tout son argent dans une seule banque ; pourtant, on donne presque toutes nos caresses et nos étreintes à une seule personne. Je crois que c'est là l'erreur. C'est pour ça qu'il y a tant d'infidélités, que les gens se sentent si seuls, qu'on manque tant de tendresse et de caresses.

J'imagine que tu dois maintenant te demander : est-ce qu'on peut avoir des relations sexuelles avec un être Soleil ? Et je parierais qu'une autre question est en train de te traverser l'esprit : quand on parle d'être Soleil, est-ce qu'on parle plutôt d'hommes ou de femmes ?

Peut-être que tu ne te poses ces questions que maintenant, ou bien que tu te le demandes depuis le moment où j'ai commencé à parler de ce concept. Quoi qu'il en soit, il faut bien comprendre que la réponse est de nouveau conditionnée par ce que je pense, par la façon dont j'ai créé et cultivé les êtres Soleil.

Ce qui est fondamental chez eux, c'est la tendresse, les caresses et les câlins. Quand je parle de dormir et de se réveiller ensemble, je parle de sentir la perte (le sommeil) et le réveil (la renaissance), je ne parle jamais de sexe. La relation avec un être Soleil n'est pas propice au sexe. C'est possible, bien sûr, mais je crois que la beauté de ce concept est qu'il gagne du terrain par rapport à l'amitié. Les êtres Soleil vont emporter 40 % du contact physique alors qu'avant, ils n'en avaient même pas 3 %.

À présent, ce serait bien de les définir à nouveau.

ÊTRE SOLEIL. *Définition* : Se dit d'une personne qui est spéciale dans notre vie. On trouve des êtres

Soleil parmi les amis et les amours. Il n'est pas nécessaire de les voir souvent ou de garder le contact avec eux. La relation qu'on a avec un être Soleil passe par la tendresse, les caresses et les câlins. Il obtient des privilèges qui étaient réservés au couple.

Je vais essayer de faire une liste des choses qu'on peut faire avec un être Soleil. Cette liste, comme toutes celles de ce livre, n'est pas à suivre au pied de la lettre. Chacun pourra décider ce qui lui sera utile ou pas. Ce n'est ni une philosophie, ni une religion, ce sont juste des leçons du cancer appliquées à la vie et il faut les comprendre comme ça, sans les remettre en question. Je sais bien que quelqu'un pourrait dire : « On peut coucher avec un être Soleil. » Un autre pourrait penser : « Les êtres Soleil sont les amants de toujours. » Un troisième dira peut-être : « Tout ceci n'a ni queue ni tête, j'ai toujours fait ces choses-là avec mes amis. » Je pourrais lui répondre que j'en suis très heureux, que ça me paraît génial. Chacun a ses amis et sa propre façon de communiquer avec eux. Comme le disait un psychologue de l'hôpital : « Notre chance, c'est d'être tel que nous sommes. Notre malheur vient du fait de ne pas arriver à comprendre les autres. »

Avant de continuer, je dois d'abord répondre à la deuxième question : est-ce que les êtres Soleil sont plutôt des hommes ou des femmes ? Les deux, bien sûr ! Ce concept englobe les deux sexes.

Je suis sûr que tu meurs d'envie de savoir ce qu'on peut faire ou non avec un être Soleil. Voici une petite liste en quatre points. J'en rajouterai d'autres plus tard.

Je dois préciser qu'ils ne sont pas dans l'ordre et qu'on n'est pas obligé de faire tout cela avec un être Soleil. Le plus important, c'est la sensation d'avoir rencontré une âme sœur (ce qui représente une évolution par rapport à l'amitié).

Après t'être assuré qu'une certaine personne peut devenir un être Soleil, tu peux essayer de faire cela avec elle :

1. Parler

À ce niveau-là, c'est pareil que dans d'autres types de relations. La nuance vient peut-être du fait qu'on parle à un inconnu et que ce qui nous a poussé à le faire, c'est qu'on a senti que cette personne était un être Soleil.

On sait qu'on peut lui raconter nos secrets les plus cachés, qu'on peut se dévoiler. On peut l'appeler n'importe quand. Il n'est même pas nécessaire de maintenir le contact ; on peut passer des mois et des mois sans rien se dire et quand on se retrouve, rien n'a changé entre nous.

On valorise trop la parole, alors que l'important n'est pas la quantité mais l'intensité. Il y a des êtres Soleil avec qui l'on va parler cinquante fois, et d'autres juste deux fois.

2. Les câlins et les caresses

Le monde irait mieux si l'on se faisait plus de câlins et de caresses. À l'hôpital, on se soutenait les uns les autres, on se prenait dans les bras (ce contact est la première chose qu'on perd quand on est malade ; à la place, les gens nous font de petites tapes dans le dos. On pensait parfois qu'on allait mourir de ça plutôt que du cancer).

Le câlin Soleil consiste à se tenir dans les bras à peu près deux minutes. Il faut pouvoir sentir la respiration de l'autre. C'est très important.

Et pour les caresses, où doit-on les faire ? N'importe où : sur la main, le visage, le bras, l'oreille, la jambe. Je crois qu'une de nos grandes erreurs est de ne pas nous caresser davantage, pour sentir la chaleur et le toucher d'une main sur nous.

Je me souviens qu'à l'hôpital, on échangeait des caresses. C'était quelque chose de naturel, de normal. C'était tout simplement de la tendresse ; il n'y avait aucune autre connotation.

Je crois que les êtres Soleil prennent ainsi possession de quelque chose qui a toujours été réservé au couple. Mais il ne faut pas en avoir peur ni être jaloux, il ne faut même pas penser qu'il peut y avoir un malentendu ; il faut juste changer notre conception. Comme je l'ai dit auparavant, le cerveau a besoin de la combinaison correcte pour faire entrer de nouvelles idées. Il faut se laisser du temps avant de juger.

D'habitude, on ne se caresse pas et on ne se fait pas de câlins entre amis ; on en aurait pourtant parfois bien besoin. Les êtres Soleil le font, et qu'est ce que ça fait du bien !

3. Dormir et se réveiller

Dans ce monde Soleil, c'est fondamental de voir quelqu'un se réveiller. Ce n'est pas obligatoire d'être dans le même lit, on peut être dans deux lits séparés, mais ce qui est important, c'est de créer ce climat où chaque être Soleil s'endort et se réveille sept ou huit heures plus tard. Avec combien de personnes as-tu dormi sans avoir eu de relations sexuelles ? Est-ce que c'était pendant un voyage ? Pose-toi cette question. Avec pas beaucoup de personnes, c'est sûr. Et dans le même lit, encore moins. Voici une autre erreur de notre société : penser le sommeil et le réveil comme quelque chose de fonctionnel alors que c'est aussi important que de manger ou de dîner.

Tout le monde va dîner ou déjeuner avec ses amis. On mange ensemble ? On se fait un resto ? Ce sont les activités réservées aux amis, ainsi que les voyages. Mais en règle générale, personne ne dit : on dort ensemble ? on se réveille ensemble ? Pourtant, c'est tout à fait indispensable. Je dirais même plus, c'est vital.

On croit que le sommeil est si personnel qu'il doit être solitaire ou partagé à travers le sexe, mais c'est encore autre chose que les êtres Soleil sont en passe de gagner.

4. Se séparer

Un être Soleil ne demande pas autant de temps qu'un ami ; on n'est pas obligé de l'avoir pour toute la vie. Il peut passer quelques heures, quelques jours, des semaines ou des années avec nous. Juste le temps nécessaire.

Mais on n'est pas obligé de cultiver la relation ; on ne lui doit rien, on n'a pas de contraintes. Les êtres Soleil passent un certain temps avec nous. On n'a même pas besoin de les appeler, de leur envoyer un e-mail ou un SMS pour garder le contact.

Ils nous ont accompagnés, nous ont aidés à un moment donné ou bien on les a aidés quand ils en avaient besoin. Ils poursuivent ensuite leur chemin et deviennent les êtres Soleil d'autres personnes.

Il est fondamental dans ce monde Soleil de sentir qu'on n'est obligé à rien. Les obligations, la pression qu'on se met, ça gâche tout.

Mais alors, est-ce qu'on peut garder un être Soleil toute sa vie ? Bien sûr que oui ! J'en ai un que j'ai connu à dix-neuf ans ; ça fait quatorze ans. C'est mon être Soleil le plus ancien et je crois qu'il nous reste encore de longues années devant nous.

Est-ce qu'on peut en avoir un juste pour quelques heures ? Tout à fait. Ce sont ceux qu'on rencontre pendant une consultation à l'hôpital, dans un café, un aéroport, dans la rue ou à la piscine. Des êtres Soleil pour quelques heures.

Pendant mon séjour à l'hôpital, j'ai appliqué ces quatre règles avec de nombreuses personnes : j'ai eu beaucoup de voisins de chambre avec qui j'ai dormi et je me suis réveillé, que j'ai serrés dans mes bras (quand nous en avions besoin), avec qui j'ai parlé de tout et de rien (de la mort, du cinéma) et que j'ai perdus mais sans ressentir de tristesse. Surtout parce que tout ce que j'ai appris grâce à eux, tout ce qu'ils m'ont apporté est resté en moi.

Mais ils n'ont pas tous été des êtres Soleil. Je crois qu'au cours de ma vie à l'hôpital, je n'ai connu que cinq êtres Soleil. Les autres ont été des amis.

Je sais que tu te demandes encore comment on peut les différencier et surtout les rencontrer. Comment doit-on s'y prendre ? Comment arriver à distinguer un être Soleil d'un ami ? Eh bien, c'est comme tout dans la vie : cela dépend de la sensibilité de chacun. Mais dans le chapitre suivant, je vais quand même donner quelques indications pour répondre à ces questions et à beaucoup d'autres.

Il est souvent nécessaire qu'un chapitre s'achève, autant pour l'auteur que pour le lecteur. Parfois pour pouvoir aller dormir (tu es peut-être dans ton lit à l'heure actuelle) ; d'autres fois pour quitter un transat à la piscine ou à la plage, un hamac, une chaise ou un canapé. J'espère en tout cas que c'est ton lieu préféré pour lire.

Stephen King disait qu'il fallait trouver le meilleur endroit de sa maison pour écrire un roman parce qu'ensuite, on aimerait que le lecteur soit au meilleur endroit de la sienne pour le lire. On crée ainsi une communication totale. Je suis sur ma chaise préférée, en train d'écrire sur l'écran que j'ai choisi pour l'occasion, et je me sens très heureux de raconter tout cela.

Mais j'ai aussi besoin que ce chapitre se termine. Les écrivains doivent savoir s'arrêter pour réfléchir à ce qu'ils ont écrit et pour faire une pause. De la même façon que tu es peut-être sur le point d'aller à la piscine, à la plage, d'acheter du pain ou de prendre rendez-vous avec quelqu'un qui avec un peu de chance sera un être Soleil…

Comment rencontrer les êtres Soleil et savoir les distinguer ?

C'est la grande question. Comment savoir si quelqu'un est un être Soleil ? Comment arriver à le distinguer ?

Il n'y a pas qu'une seule manière ; il y en a plusieurs. Je vais expliquer la théorie sur laquelle je base tout le monde des êtres Soleil, parce que souvent, il faut montrer quelque chose avant d'expliquer d'où cela provient. J'ai déjà un peu parlé des êtres Soleil, c'était une parenthèse entre « Pour commencer… » et « Poursuivre… », mais dans le chapitre « Pour vivre… », j'ai décidé que tout devait tourner autour d'eux.

Je crois qu'ils sont présents dans ce monde pour qu'on puisse savoir quels sont nos manques, pour qu'on s'ouvre les uns aux autres. À l'hôpital, j'ai réussi à m'améliorer grâce à mes cinq êtres Soleil. Ils m'ont donné la force de lutter.

Je ne parle pas de paix spirituelle ni d'harmonie, mais bien de lutte. Les êtres Soleil n'ont rien d'une religion ou d'une secte. Il faut chasser toute sensation en lien avec ces concepts. Les êtres Soleil nous aident dans les moments heureux ou difficiles, mais ils sont individuels. Ils ne font pas partie d'une communauté ; il n'y aura jamais de nouvelle religion Soleil ni de secte Soleil, ni même un club des êtres Soleil de ce monde.

Chacun doit être capable de les trouver quand il en a besoin, mais il ne s'agit pas de se lancer comme un fou à leur recherche ; au contraire, ce sont eux qui vont apparaître et croiser notre chemin quand ce sera nécessaire.

Ainsi, chaque personne n'en aura que 23. Je sais bien que 23, cela peut paraître peu, mais c'est le nombre exact. J'ai toujours cru au pouvoir magique de ce nombre. Le sang met 23 secondes à parcourir le corps humain, la colonne vertébrale a 23 disques et Jules César a été poignardé 23 fois. Le sexe d'une personne est déterminé par le chromosome 23 et les parents apportent 23 chromosomes chacun à leur enfant.

Le nombre 23 est vraiment hallucinant. En plus de toutes ces raisons qui me font penser qu'il est fondamental dans la vie, j'ai une relation personnelle avec lui : j'ai perdu ma jambe un 23 avril. C'est sans doute à partir de là que j'ai commencé à croire ce que disent beaucoup de gens, que le 23 a un lien avec de nombreuses vies. C'est un nombre que la nature aime.

J'ai confiance en lui, en son potentiel positif. Je suis sûr que c'est un nombre magique qui porte chance. D'ailleurs, il y a aussi 23 découvertes dans ce livre.

Poursuivons donc à partir de l'idée qu'il n'y a que 23 êtres Soleil pour chacun dans le monde. Comment les trouver ? Doit-on les chercher un par un pour en garder tout au long de notre vie ?

La réponse se trouve en chacun de nous. Il faut les chercher quand on a besoin d'eux. Et pour savoir comment les trouver, il existe différents critères. Voici un exemple : j'ai un bon ami qui vit en Colombie, à Cali. Je ne suis jamais allé en Colombie, il n'est jamais venu à Barcelone. Pourtant, cela fait six ans que nous nous sommes connus sur un *chat* pour les amputés ; comme moi, il a perdu sa jambe. Je crois que quelqu'un voulait qu'on se rencontre et qu'il nous a marqués avant de nous lâcher dans deux endroits différents. Le moyen de nous reconnaître a été ce signe qui a fonctionné par hasard, comme une coïncidence qui nous a fait nous rencontrer. Quand je parle de quelqu'un, je ne parle d'aucun dieu, d'aucun être suprême ; je parle de la nature.

C'est pareil avec les êtres Soleil : quelqu'un a marqué 23 êtres Soleil pour qu'on puisse les rencontrer. Il faut donc nous exercer pour savoir quels sont nos propres critères de reconnaissance, parce que ce ne sont pas les mêmes pour chacun d'entre nous.

Je pourrais m'arrêter là, ne rien dire de plus. Il n'y a pas longtemps, Shyamalan, le réalisateur de *Sixième Sens*, est venu à Barcelone et a dit qu'il allait nous révéler un secret, quelque chose que personne ne savait. Nous nous sommes rapprochés, nous l'avons écouté avec une extrême attention. Il voulait nous raconter le secret de *Sixième Sens* et pourquoi, après deux échecs, il savait que son troisième film serait un succès.

Tout l'auditoire était fébrile, on mourait d'envie de connaître la réponse. Il nous a dit alors : « J'ai décidé de voir les films des réalisateurs qui n'ont eu qu'un seul succès dans leur carrière. J'ai regardé ces films et j'y ai trouvé huit dénominateurs communs, qui m'ont servi à créer *Sixième Sens.* »

Il n'a rien dit de plus ; je crois qu'il n'y a rien de pire. Tout le monde s'est senti frustré ; connaître un secret ne devrait pas obliger à réfléchir. Mais c'était peut-être ce que souhaitait Night Shyamalan. Je me suis mis à voir les films dont il avait parlé et j'en ai tiré huit conclusions, même si je ne sais pas si c'était les mêmes que les siennes. Avec le temps, je lui suis reconnaissant de ne pas nous avoir tout dit parce que sinon, nous aurions juste copié et reproduit ce qu'il nous aurait raconté. Chacun doit se faire sa propre idée.

Je vais donc expliquer comment découvrir ses propres critères, mais ensuite il faudra que chacun les mette en pratique.

La façon de trouver les êtres Soleil a un rapport avec la beauté. J'ai toujours pensé que la beauté n'avait pas de sens, que c'était quelque chose de chaotique. Ce qui paraît beau à une personne peut paraître horrible à une autre. Tout est relatif. Pourquoi les gens sont attirés par la forme d'un visage, une silhouette particulière, une manière de parler, un regard direct ou fuyant au contraire ? C'est un truc bizarre qui me fascine. On peut se trouver dans une salle avec cinq mille personnes et dire tout de suite qui est beau selon nos critères personnels. Mais la beauté peut avoir différents aspects : il y a le beau au sens poétique, le beau au sens sexuel et le beau dans le monde Soleil.

Le critère Soleil est caché dans la beauté. Qui oserait dire qu'il ne lui est jamais arrivé de voir dans une foule quelqu'un qu'il ne peut plus quitter des yeux ? Cela n'a rien à voir avec la sexualité, on n'aurait pas vraiment envie de coucher avec cette personne ; elle remplit juste un vide de notre monde. On a l'impression qu'elle pourrait nous comprendre, qu'on pourrait être son ami, qu'il y a une synergie entre elle et nous. Puis cette personne disparaît et on l'oublie. Elle ne reste pas longtemps dans notre mémoire, c'est comme si son départ était facile à accepter. C'est ça, le monde Soleil ; les êtres Soleil s'en vont et cela ne nous rend pas tristes. C'est ainsi, même quand on ne les connaît pas.

Ce qui est fondamental, c'est donc de pouvoir repérer dans la beauté les critères propres aux êtres Soleil.

Comment ? Je vais donner la méthode que j'ai utilisée pour découvrir les miens. C'est vrai que c'est difficile de les trouver, mais il ne faut pas se décourager. Il faut les noter, les vérifier et surtout les appliquer aux êtres Soleil qu'on a déjà. Comme ça, on est sûr de ne pas se tromper.

La méthode est la suivante :

1. Essaie de comprendre ce qu'est la beauté pour toi. Trouve différents critères et note-les. Ils doivent être associés à des personnes qui attirent ton attention dès le premier regard.

Il ne doit pas y avoir que des éléments physiques, mais aussi sonores, en lien avec les couleurs, les objets, avec tout ce que tu trouves beau.

Il y a plein d'exemples possibles. Si pour toi, la beauté est associée à des serviettes blanches, note-le. Si ton critère principal est une coupe de cheveux ou l'odeur d'une veste en velours, note-le aussi. Si c'est plutôt la façon dont on voit les yeux et la bouche d'une personne à travers un casque de moto, écris-le. Tu as déniché quelque chose de si étrange que c'est peut-être bien un critère Soleil. D'habitude, ils sont assez bizarres et plutôt compliqués.

2. Après avoir écrit une liste d'environ 100 éléments, il faut commencer à éliminer tout ce qui concerne la beauté sexuelle ou amoureuse.

Je vais t'expliquer. Tout ce que tu associes au sexe ou à l'amour ne compte pas. J'imagine que tu as indiqué dans ta liste la forme des lèvres d'une personne, mais ce critère a une connotation sexuelle et ne concerne pas la beauté Soleil.

Mais il faut faire attention, parce que parfois, on peut éliminer une caractéristique qui semble sexuelle alors qu'en fait elle appartient aux êtres Soleil. Ce sont des choses qui arrivent, mais il faut accepter l'erreur, parce que tôt ou tard elle va se corriger d'elle-même.

Il ne s'agit pas d'une science, il ne faut pas se prendre la tête. Au contraire, il faut toujours savoir s'amuser, parce qu'il n'y a aucune vérité absolue, juste des vérités relatives. Les erreurs sont possibles et il faut les accepter.

Tu vas sans doute enlever 77 critères associés à la beauté sexuelle ou amoureuse, sur les 100 qui se trouvent dans ta liste ; il en restera donc 23.

3. Encore 23, c'est vrai. Eh bien, ces 23 que tu n'as pas pu éliminer, ces 23 éléments qui te semblent beaux sans vraiment savoir pourquoi seront à la base du travail que tu vas commencer. Tu vas mettre en marche ton radar et quand tu découvriras au moins 3 de ces critères chez quelqu'un, tu sauras qu'il pourra peut-être devenir ton être Soleil. S'il y en a 9, c'est presque une certitude. S'il y en a plus de 13, tu dois absolument aller parler à cette personne qui est sans doute un être Soleil. Et si tu trouves les 23 critères chez quelqu'un, bingo, tu l'as déniché. Tu peux le laisser s'échapper si tu n'as pas besoin de lui à ce moment-là, ou bien parler avec lui si tu veux ou si tu vois qu'il en a besoin.

C'est une chose de trouver un être Soleil, mais c'en est une autre de se décider à aller lui parler.

Souviens-toi que tu vas en rencontrer, mais qu'il ne faut pas les gaspiller. Il n'y en a pas beaucoup et ils sont là pour un temps limité. C'est à toi de voir.

4. Si tu décides de parler avec cette personne, que va-t-il se passer ? Une relation Soleil va commencer et elle va durer le temps qu'il faudra : quelques heures, des mois ou des années. Quand elle s'achèvera, tu te sentiras mieux, mais aussi changé. Tes critères personnels vont se trouver modifiés par cette relation qui peut bouleverser l'intérieur même de ton être.

5. Tous les deux ans environ, la beauté Soleil évolue par le contact avec un être Soleil. Je te recommande donc de refaire tout ce travail de façon régulière.

Tu vas découvrir que 15 ou 16 critères restent les mêmes mais que 7 ou 8 vont changer. Il est important de les chercher pour éviter de se tromper.

Je sais que c'est un travail difficile, que tu dois avoir des doutes. Ces critères appartiennent-ils à la beauté Soleil, ou bien à la beauté sexuelle et amoureuse ?

La meilleure façon d'en avoir le cœur net est de découper des photos qui t'interpellent dans les magazines, les journaux, ou sur internet. Repère aussi les langues et les accents qui attirent ton attention, les odeurs que tu ne peux pas oublier et qui te semblent belles, ainsi que les images qui sont restées gravées dans ta mémoire.

Il faut parcourir mentalement tout ce qui te semble beau. Ne pas te concentrer juste sur les personnes mais aussi sur les lieux, les périodes de la vie, les sentiments et les sensations. Il faut suivre de nombreuses pistes.

Ainsi que Night nous l'a dit : pour comprendre un secret, il faut beaucoup travailler. Mais le monde Soleil le vaut bien.

J'imagine que certaines idées ne sont pas encore très claires pour toi. Le chapitre suivant propose une batterie de questions sur les êtres Soleil ; j'espère que tu vas trouver la réponse à celle qui te trotte encore dans la tête.

Batterie de questions Soleil

J'adore les ordinateurs. Je me sens super-bien avec eux. C'est génial de savoir que quand quelque chose ne fonctionne pas, il est possible de les éteindre et de les rallumer ; c'est une solution magique.

Je crois que ce serait bien de pouvoir faire la même chose avec les gens : quand on ne les comprendrait pas, quand quelque chose nous paraîtrait trop bizarre, on pourrait réinitialiser la personne, l'éteindre avant de la rallumer.

Ce serait la première chose que les ordinateurs apporteraient à notre monde ; la deuxième serait l'icône « annuler » des traitements de texte comme Word. Je trouve que c'est une fonction merveilleuse. Si jamais on se trompe, on clique sur cette flèche et on revient à la dernière chose qu'on a faite avant notre erreur.

Je ne sais pas combien de fois par jour on utiliserait ce bouton… Au moins cent ou deux cents fois ! On n'aurait jamais l'impression de prendre la bonne décision.

Et si cette fonction était rétroactive ? Je suis sûr que beaucoup de gens voudraient revenir à leurs vingt ans et ne pas faire telle chose, à leurs quinze ans et ne pas faire telle autre, à leurs huit ans… Peut-être même revenir jusqu'à leur naissance, et ne pas naître.

La troisième chose que j'aime, c'est cette rubrique qu'on trouve au sujet des « questions relatives à l'utilisation de ce programme ». Ce sont les questions fréquentes, incluses à l'intérieur même du programme. J'aime bien trouver ma question dans les archives de l'aide, parce que je sais que je vais résoudre mon problème. Mais tu sais quoi ? Je suis encore plus content quand je ne la trouve pas, parce que ça me donne la sensation de ne pas être aussi prévisible que ce qu'ils croient. J'aime quand mes questions sont bizarres, surprenantes et surtout inédites. Je me sens vivant.

Ne te sens donc pas mal à l'aise si ta question n'apparaît pas dans la batterie d'interrogations sur les êtres Soleil. Cela veut dire que tu es vivant, bien vivant. Et je suis sûr que tu vas trouver la réponse tout seul.

1. Est-ce qu'un membre de ma famille peut devenir un être Soleil ?

Bien sûr ! Nos frères et sœurs sont les premiers êtres Soleil possibles, les candidats principaux. On dort avec eux quand on est petit si l'on partage la même chambre. On se serre dans les bras, on échange des caresses. Ils sont et ils peuvent être des êtres Soleil.

Dans le cas des parents, c'est possible même si c'est moins probable. Mais il doit y avoir des cas…

Il faut se rappeler que n'importe qui est susceptible de devenir un être Soleil.

2. Est-ce que les êtres Soleil peuvent se transformer en amis ou en une relation d'amour ou de sexe ?

Tout dans la vie peut changer. J'appelle cela perdre ou intensifier sa couleur. Parfois, les êtres Soleil jaune d'or deviennent jaune pâle et se transforment en amis. Parfois, ils prennent une teinte orangée et se transforment en amants ou en amours.

Il faut décider à deux ce qu'on veut être. Mais il n'est pas possible de faire marche arrière. Quand la couleur jaune du soleil s'intensifie ou perd de sa couleur, l'être Soleil disparaît.

Réfléchis donc bien.

3. Et si je découvre que quelqu'un est mon être Soleil mais que cette personne n'y croit pas ? Est-ce que je dois lui dire ?

Les êtres Soleil marchent par deux. Je veux dire par là que tu es l'être Soleil de quelqu'un s'il est aussi le tien. Il est impossible qu'une personne soit ton être Soleil si tu ne signifies rien pour elle ; c'est une relation qui doit être réciproque.

J'ai déjà dit que ce ne serait pas facile. Il peut aussi arriver que quelqu'un ne veuille pas être notre être Soleil (soit parce qu'il n'y croit pas, soit parce qu'il ne nous considère pas comme tel) ; dans ce cas, il faut le laisser partir et l'oublier, car ce n'était peut-être pas le bon moment.

Dans la vie, il faut savoir dire non et accepter les « non ». Il faut savoir laisser passer du temps. En plus, qui sait ? Il n'en était peut-être pas un…

4. *De quoi doit-on parler avec un être Soleil ?*

Je n'ai pas voulu traiter de cette question avant parce que je crois que chacun doit parler de ce qu'il veut avec son être Soleil. Il ne s'agira pas toujours de choses profondes, même les conversations banales peuvent faire du bien.

Si l'on veut trouver un être Soleil, ce n'est pas pour refaire le monde ; c'est pour donner du sens à notre vie. Ces personnes apaisent nos conflits internes et nous procurent un sentiment de bien-être.

Je n'ai pas non plus voulu beaucoup parler de ça pour ne pas te conditionner, pour éviter que tu penses que tu dois parler d'un sujet déterminé. Les sujets de conversation vont venir tout seuls, ne t'inquiète pas. Ils arrivent en même temps que les êtres Soleil.

On a tous un cercle de personnes avec qui on peut parler de tout, avec qui on se sent bien et on est uni par quelque chose de spécial. Voici des exemples d'amis qui devraient tout de suite se transformer en êtres Soleil.

5. Si je suis un garçon, est-ce que j'aurai plus d'êtres Soleil garçons ou filles ?

Ce n'est pas une question de sexe ; d'ailleurs, rien dans la vie n'est une question de sexe. Je suppose que tu vas avoir des êtres Soleil garçons et des êtres Soleil filles. La beauté dont on parle n'est pas liée à la sexualité mais à des détails ou à des signes qui apparaissent et qu'on ne comprend pas tout de suite.

Tu auras donc des êtres Soleil des deux sexes et de tous les âges ; il n'y a aucune règle fixe.

Mais il y a toujours des exceptions. Il ne faut pas se conditionner en cherchant des règles ; les listes suffisent.

6. Et si quelqu'un fait semblant de croire que je suis son être Soleil, alors qu'en fait il recherche juste des caresses, des câlins et veut dormir avec moi ?

Chaque fois qu'on crée quelque chose, il y a toujours quelqu'un pour le pervertir ou le modifier. C'est nous qui allons utiliser le concept Soleil et c'est nous qui devons savoir comment nous en servir.

Ma réponse, c'est que si tu découvres que quelqu'un n'est pas sincère, tu vas te rendre compte que ça va à l'encontre de tout ce que signifie le monde Soleil. Tu sauras alors ce que tu dois faire…

7. Et si je n'arrive pas à faire la liste et que je n'ai pas d'être Soleil ? C'est possible ?

Peut-être qu'à ce moment de ta vie, tu n'en as pas besoin et c'est peut-être pour ça que tu ne trouves pas les bons critères. Prends ton temps, ce n'est pas quelque chose qu'il faut réussir en une demi-heure, cela peut prendre un an.

8. Albert, est-ce que tu peux me dire quels sont tes propres critères ?

Je crois que chacun doit les garder secrets, c'est pour ça que je n'ai pas dévoilé les miens. Je pense que ce ne sont pas des choses à rendre publiques. C'est comme si cela leur faisait perdre de la valeur. Puisque tu te rends compte du travail que c'est de trouver ses propres critères, il faut avoir de l'estime pour ce travail. Il est à toi et à personne d'autre ; c'est privé et personnel.

Il est parfois possible d'en parler à un autre être Soleil, mais je ne crois pas que ce sera nécessaire.

9. Est-ce qu'on doit demander à quelqu'un s'il veut bien devenir notre être Soleil, ou est-ce qu'on peut juste le voir sans le lui dire ?

Ce n'est pas la peine de demander à chaque fois à la personne si elle veut devenir notre être Soleil, on peut faire comme avant : connaître des êtres Soleil puis ne plus les revoir, mais ce qui est bien, c'est que maintenant on sait que cette personne en était un. On se sent plus tranquille et plus heureux.

10. Est-ce que je peux présenter deux êtres Soleil ? Est-ce qu'ils vont devenir des êtres Soleil l'un pour l'autre ?

Il n'y a pas de raisons que ce soit le cas, car les neuf ou dix critères qui t'ont fait penser qu'il s'agissait d'un être Soleil ne seront pas les mêmes pour l'autre personne.

Tu peux toujours essayer de les faire se rencontrer, ce serait génial, mais cela ne veut pas dire qu'ils vont devenir des êtres Soleil l'un pour l'autre.

11. Et les amis ? Ils appartiennent donc à la deuxième division ?

Pas du tout. Les amis sont toujours là, mais certains évoluent et deviennent des êtres Soleil. C'est comme s'il y avait un autre échelon.

Voici une liste sur les relations. L'ordre n'indique pas qu'une relation est meilleure qu'une autre :

1. *Les connaissances* : ce sont des gens qu'on nous présente au travail ou dans la rue. On les voit une fois ou deux mais on n'a pas d'affinité particulière avec eux.

2. *Les amis* : on peut les rencontrer au collège, à l'université, au travail, dans un club de loisirs. Ce sont des gens avec qui l'on s'entend bien et on passe de bons moments. Ils peuvent nous aider et nous raconter des choses intimes. On peut aussi échanger des câlins ou des caresses avec eux, et il nous arrive de dormir ensemble dans certaines circonstances.

Ce ne sont peut-être pas des êtres Soleil, mais cela n'empêche pas qu'on puisse leur accorder les mêmes choses.

3. *Les êtres Soleil* : chacun en a vingt-trois et ils sont un peu plus que des amis. Ce sont des

personnes qu'on rencontre et qui nous changent la vie (à court ou à long terme). La tendresse, les câlins, les caresses, le sommeil partagé... Ils équilibrent les émotions de notre vie, ils enlèvent son monopole à la relation de couple. Les êtres Soleil pourront emporter jusqu'à 40 % du contact physique.

4. *Le conjoint ou l'amant* : il est toujours là mais il n'a plus le monopole du contact physique. Il doit apprendre à partager et savoir que les êtres Soleil en possèdent maintenant 40 %. Cela ne signifie pas que le conjoint n'en a plus que 60 % mais qu'à présent, on a 140 % de contact physique.

Malgré tout, je voudrais dire que dans mon monde idéal, le mieux serait de transformer tous les amis en êtres Soleil, pour dépasser la limite des vingt-trois.

12. Et si mon conjoint ne comprend pas pourquoi j'ai des êtres Soleil ?

Tout changement est compliqué. C'est naturel d'être jaloux. Comment comprendre que celui ou celle qu'on aime dorme avec d'autres personnes ? Eh bien, en assimilant le concept, en comprenant que dans ce monde on a besoin de voir dormir et se réveiller nos êtres Soleil.

Je pourrais écrire une centaine d'autres questions. Mais dans les manuels des programmes informatiques, il y en a toujours douze : ce sont les questions principales. Comme je te l'ai dit, si la tienne n'y est pas, réjouis-toi ; elle n'est pas typique, c'est une question inédite.

Conclusions sur les êtres Soleil

Le chapitre « Pour vivre » touche à sa fin… Voici un bref résumé de ce que tu peux faire pour trouver tes êtres Soleil. Une petite liste qui te guidera dans ce monde, cette nouvelle étape à franchir pour tes amis, cette nouvelle façon de voir les choses.

Fais-le, ça peut te changer la vie.

1. *Fais une liste des êtres Soleil que tu penses avoir eus*

Jusqu'ici, tu as dû en avoir quatre ou cinq sans savoir ce qu'ils étaient vraiment. Fais une liste, mais ne te sens pas triste si tu les as perdus ; ils resteront toujours des êtres Soleil pour toi. Tu peux même les appeler pour le leur dire.

2. Cherche tes propres critères

Pense au mot beauté et fais une liste de tes critères. Élimine tous ceux qui sont d'ordre sexuel ou amoureux. C'est la base de tout.

Utilise des photos, des images, des odeurs et même les êtres Soleil que tu as déjà eus. Ils t'aideront à établir la liste de tes critères personnels.

3. Cherche tes êtres Soleil et surtout, laisse-les te trouver

Recherche tes êtres Soleil. Tu peux les rencontrer à ton travail, dans la rue, dans une gare. Laisse-les venir vers toi et parle-leur à ton tour.

Une seule question suffit : veux-tu devenir mon être Soleil ?

4. Profite des instants passés avec eux

Le plus important, c'est de se parler. Tu verras comme tout est simple et facile, comme vous vous ouvrez l'un à l'autre.

Laisse-toi envelopper par la douceur de ce monde Soleil. Et surtout, fais confiance au contact physique, sans peur, sans jalousie ni aucune forme de honte.

5. Perds-les, garde-les, renouvelle-les

Cela dépend de toi. Ils peuvent rester des êtres Soleil pour toute ta vie, ou bien se transformer en amis, en amants, en ce que tu veux.

Rappelle-toi, les êtres Soleil te renouvellent. Ils te changent, c'est pourquoi tu dois essayer de revenir chaque année au point n° 2 pour chercher à nouveau tes critères.

Et surtout, fais cela dans la joie. C'est le plus important.

Quoi de mieux qu'une nouvelle définition pour terminer ce chapitre ?

Être Soleil : c'est une personne spéciale dans notre vie ; on la caresse, on la serre contre notre cœur, on dort avec elle. Elle nous marque, ne demande pas beaucoup de temps et la relation avec elle n'a pas besoin d'être entretenue. On en a vingt-trois dans notre vie. Le fait de parler avec eux nous permet de nous améliorer en tant que personnes et de découvrir ce qui nous manque. Ils sont le nouveau maillon de l'amitié.

ET SE REPOSER…

La fin Soleil

Ne sois pas insolent. Tiens-toi correctement. Sois poli.
Ne bois pas. Ne fume pas. Ne tousse pas. Ne respire pas.
Ah oui, ne respire pas ! Dire non à tous ces « non »
et se reposer : mourir.

Gabriel CELAYA

La fin Soleil

Dans ce livre, j'ai beaucoup parlé de la vie ; mais je devais terminer par la mort, comme dans le poème de Celaya.

C'est la grande leçon que j'ai apprise à l'hôpital : je n'ai plus peur de la mort. Je croyais qu'après ma guérison, j'allais recommencer à la craindre, mais non. C'est grâce au contact incessant avec elle, pendant mes années de lutte contre le cancer. Comme je l'ai dit, beaucoup de mes amis sont morts. Pourtant, ils demeurent à mes côtés et j'en porte 3,7 au plus profond de moi-même.

Dans la plupart des conférences que je donne, on me demande comment ne plus avoir peur de la mort. Est-ce qu'il faut passer par une maladie mortelle ? Est-ce que cela suppose d'être plus audacieux, plus impulsif, de n'avoir peur de rien dans la vie ?

Les gens veulent une recette rapide : il faut faire ceci pour perdre la peur de la mort. Cette recette n'existe pas ; il y a juste des listes de conseils, de choses qu'on peut faire. Mais c'est comme pour tout, chacun doit les intérioriser avant de les mettre en pratique petit à petit.

Dans ces conférences, j'explique en général pourquoi il est important de parler de la mort. On ne peut pas arrêter d'en avoir peur si l'on n'en parle pas. Il faut penser que c'est naturel, que ce n'est pas négatif et que nous sommes tous concernés.

La mort n'est pas mauvaise. Elle nous rend dignes, donne une fin à notre vie.

J'ai écrit beaucoup de scénarios de films ; la première chose que je dis à mes élèves, c'est que pour être un bon scénariste, il faut savoir comment l'histoire va se terminer. Avec une bonne fin, on est capable de faire un bon film ; mais si on ne la connaît pas ou si elle nous fait peur, il est possible que le film ne voie jamais le jour. J'ai souvent eu des idées de fins qui méritaient une histoire ; parfois on la trouve, d'autres fois non. Mais sans une fin, on ne peut rien faire.

Dans la vie, c'est pareil. Il faut parler de sa propre fin avec naturel, de la nôtre et de celle des gens qui nous entourent.

Cela peut paraître difficile mais en fait c'est tout simple, il suffit juste d'essayer. À l'hôpital, on parlait beaucoup de la mort, les Pelés et moi. On pouvait mourir d'un jour à l'autre et cela nous donnait envie d'en parler, pour savoir comment chacun le supporterait, comment l'autre désirait mourir, ce qu'il penserait de notre propre mort.

J'ai le cœur rempli d'émotion quand je parle de tout cela ; c'est beau. Attention, il ne faut pas confondre émotion et tristesse. Je suis ému, car je suis heureux de penser à ces garçons qui sont morts. Je n'ai jamais ressenti de compassion ou de tristesse pour eux ; ils ne méritaient pas que leur souvenir soit associé à un de ces termes.

Certains me disent que ce n'est pas facile de demander à quelqu'un comment il veut mourir ou comment il souhaite qu'on se souvienne de lui. Je leur réponds toujours qu'il faut y aller pas à pas. J'adore commencer par poser la question suivante à mes amis : quelle est la mort qui t'a le plus touché ?

Cette seule question suffit ; on découvre alors tant de choses… En fin de compte, les gens n'arrêtent pas de parler des métiers qu'ils vont exercer, des petites amies qu'ils vont avoir, des voyages qu'ils vont réaliser. Mais ils ne feront peut-être rien de tout ça dans leur vie. En revanche, c'est sûr qu'ils vont mourir.

Il y a des deuils qui sont difficiles à surmonter. Ce sont les plus douloureux car on n'a pas su les accepter et passer à autre chose.

Que faut-il faire lorsque quelqu'un nous parle de la mort d'un proche ? Il suffit de l'écouter et de lui poser beaucoup de questions ; rien de plus. C'est presque comme quand on nous parle d'un voyage ou d'une expérience nouvelle. Et surtout, il ne faut pas ressentir de compassion. C'est absurde et ça ne sert à rien du tout.

Certains ont perdu leur mère quand ils étaient petits. Ils en parlent souvent d'une manière si spéciale qu'on comprend que ce décès a marqué à jamais leur vie, en les obligeant à faire des choses qu'ils n'auraient sinon peut-être jamais faites. Mourir est nécessaire pour pouvoir laisser quelque chose en héritage ; c'est important de mettre ainsi un point final à sa vie.

Il faut essayer de penser que la mort est une bonne chose. En fin de compte, les gens célèbrent la vie, les baptêmes, mais ils devraient aussi fêter la mort de leurs proches. Cette fête ferait ainsi partie du souvenir, de l'honneur rendu à la personne décédée.

C'est vrai que je parle de façon un peu frivole de la mort, que je dis qu'elle est belle alors que la mort d'un être cher est toujours terrible et qu'on a le droit de trouver qu'il n'y a rien de beau dans tout ça. Mais ce qu'il faut retenir, c'est que la mort n'existe pas. Quand quelqu'un meurt, son souvenir demeure, sa vie se partage entre les gens qui l'ont connu. C'est comme s'il se démultipliait en de nombreuses personnes.

Il ne faut jamais associer la mort à la douleur ou à la perte. Il faut l'associer à la vie, à une fin digne, sans penser à la peur de la disparition. C'est difficile, mais c'est possible.

Je crois que plus on parle de notre mort avec notre famille et nos amis, plus cela les aide à s'y préparer. Je ne parle pas de faire un testament, mais juste de leur indiquer les choses qu'on voudrait qu'ils fassent après notre mort. À l'hôpital, on désirait une tonne de choses ; certains Pelés voulaient par exemple qu'après leur mort, les autres aillent assister à un concert de musique à New York. C'était des souhaits débordants de vie, des souhaits merveilleux que j'ai réalisés petit à petit.

Quand j'ai écrit *Ta vie en 65 minutes*, le film qu'a réalisé Maria Ripoll, j'ai voulu aller encore plus loin. Le film parlait d'un garçon qui était si heureux qu'il voulait mettre un point final à sa vie. Il ne s'agissait pas de faire l'apologie du suicide, mais celle de la vie et de la mort. Pourquoi ne pourrait-on pas désirer mourir comme beaucoup de gens désirent vivre ? Pourquoi devrait-on en vouloir toujours plus, si l'on a tout obtenu dans la vie et qu'on jouit d'un bonheur absolu ? Telle était l'idée de départ. Parfois, il faut passer par des situations extrêmes pour provoquer une prise de conscience.

Moi, j'aimerais bien mourir un vendredi : c'est le moment de la sortie des films au cinéma et les gens se sentent souvent heureux ce jour-là. Quand j'étais petit, j'adorais le vendredi parce que mes parents venaient me chercher à l'école, me donnaient un petit sandwich au thon et on allait à Cardedeu passer le week-end dans notre maison de vacances. Sur le chemin, il y avait toujours des embouteillages et mon père mettait la radio ; c'est là que j'ai entendu les premières chansons qui m'ont ému. Je me souviens surtout du moment où a résonné « J'ai juste appelé pour te dire que je t'aime » de Stevie Wonder. En entendant cette chanson, j'ai cessé de manger mon sandwich au thon ; ça m'a paru si beau que j'en suis resté bouche bée pendant que le tic-tac des clignotants se mêlait aux trompettes et aux violons.

J'aimerais tant mourir un vendredi !

Il faut commencer par réfléchir à une date pour mourir : un jour, une saison, un lieu. Ce n'est pas macabre, la mort ne l'est pas, quitter ce monde non plus. Penser à la mort est nécessaire et cela devrait même être obligatoire. À l'école, ce serait la matière « Vie et mort ». Il ne s'agirait pas d'humour noir, ce serait amusant et indispensable d'avoir un contact avec notre propre fin dès l'enfance. Dans ce grand livre qu'est *Mardi avec mon vieux professeur*, on peut lire : « Apprends à mourir et tu apprendras à vivre ». Je veux aller encore plus loin : si l'on arrive à penser à sa mort de façon concrète, on peut alors penser à sa vie et à ce qu'on veut faire dans ce monde.

La mort est à la base du monde Soleil. Il est important de savoir qu'on peut perdre autant qu'on peut gagner. Il y a des moments où l'on ne fait que perdre ; il faut alors se souvenir de tout ce qu'on a gagné.

Pour terminer ce chapitre, voici ce qu'il faut faire à propos de la mort :

1. Penser à sa mort comme à quelque chose de positif.

2. En parler à ses amis. Laisser la conversation s'écouler d'elle-même, oublier la compassion et le fait que c'est un sujet tabou.

3. Quand quelqu'un meurt, ne pas éviter d'en parler au cimetière ou au funérarium. Il faut parler du mort, de notre relation avec lui ou avec elle, et oublier les phrases telles que : « mes sincères condoléances » ou « je suis désolé ». Il faut chercher les phrases qui définissent vraiment sa mort. Il n'y a pas de phrase type pour un enterrement ; ça ne veut rien dire. Cela doit venir de chacun de nous, il peut s'agir d'un détail de la vie de la personne décédée ou peut-être du sentiment qu'on a eu en apprenant sa mort.

4. Après la mort de quelqu'un, appeler sa famille et ses amis. Laisser passer vingt-quatre heures puis les appeler sans peur, leur demander ce qu'ils ressentent et en parler aussi longtemps que nécessaire. Ils traversent sans doute la période de leur vie qui va le plus les marquer. Pourquoi certains pensent que ça va les déranger de parler d'un moment tel que celui-là ?

5. Penser à notre propre mort : au jour, à la saison, à la température idéale, au lieu, aux personnes avec lesquelles on aimerait être. Ne pas se demander si l'on préfère être incinéré ou enterré. Il faut penser au moment précis de notre mort, non à ce qui se passera après.

6. Parler de ces détails avec les amis. Leur expliquer ce qu'on aimerait qu'ils fassent, des choses débordantes de vie qui ne se passeront pas

juste au moment de notre enterrement ou pour l'anniversaire de notre mort.

Un des Pelés m'a dit que si un jour il mourait et que j'écrivais un livre, il aimerait qu'à un endroit apparaisse le mot « pamplemousse ». Il adorait les pamplemousses ; c'était pour lui le meilleur fruit au monde. Je lui ai dit que je le ferais. Il est mort un an plus tard. Maintenant, je vois écrit ce mot de pamplemousse et je sens qu'il vit, qu'il a atteint sa plénitude, qu'il se glisse en toi. Tu peux imaginer un visage, des yeux ; tu peux le voir en train de manger un pamplemousse. Est-ce que quelqu'un qui nous fait ressentir tant de choses peut vraiment être mort ?

7. Mourir quand notre heure sera venue. Ne pas rechercher la mort mais ne pas la craindre non plus. Le cancer m'a permis d'être souvent face à face avec elle. Il faut oublier nos peurs : celle de perdre nos proches, ce qu'on a et ce qu'on est. En fait, on ne perd rien du tout. Crois-moi, chasse ta peur et regarde le mot « mort » bien en face.

ÉPILOGUE…

C'est la fin.

Je me sens bien.

Je suis content de ce que j'ai raconté, j'espère que ça t'a plu.

Ces derniers mots font le voyage depuis mes souvenirs de Pelé jusqu'à ces pages.

Merci, Eloy, pour ce merveilleux prologue. Je viens de le recevoir et il m'a touché, il m'a remué les tripes. Je te trouve extraordinaire.

Je vois l'épaisseur du livre, je vois sa couleur jaune comme le soleil. Je sens que tout va enfin pouvoir jaillir et se répandre autour de moi.

Voilà, je vais te laisser. J'espère que tu sauras me retrouver.

Et n'oublie pas : si tu crois en tes rêves, ils se réaliseront.

Albert ESPINOSA

Barcelone, août 2007 (octobre 2007)

Table

POUR VIVRE…

Les êtres Soleil

ET SE REPOSER…
La fin Soleil

Du même auteur
aux éditions Grasset :

TOUT CE QUE NOUS AURIONS PU ÊTRE TOI ET MOI SI NOUS N'ÉTIONS PAS TOI ET MOI, *roman*, 2012.

SI TU ME DIS VIENS, JE LAISSE TOUT TOMBER… MAIS DIS-MOI VIENS !, *roman*, 2014.

PAPIER À BASE DE FIBRES CERTIFIÉES

Le Livre de Poche s'engage pour l'environnement en réduisant l'empreinte carbone de ses livres. Celle de cet exemplaire est de :
250 g éq. CO_2
Rendez-vous sur www.livredepoche-durable.fr

Composition réalisée par PCA

Achevé d'imprimer en juin 2014 en France par
CPI BRODARD ET TAUPIN
La Flèche (Sarthe)
N° d'impression : 3005880
Dépôt légal 1re publication : juillet 2014
LIBRAIRIE GÉNÉRALE FRANÇAISE
31, rue de Fleurus – 75278 Paris Cedex 06

31/7941/3